JN046297

川端康成の話をしようじゃないか

田畑書店

川端康成の話をしようじゃないか◎目次

カバー・扉写真＝京都・柊家
写真撮影・装幀・本文組版
（田畑書店デザイン室）

川端康成の話をしようじゃないか

対話Ⅰ　川端文学を貫いているもの

川端康成と伊藤初代

佐伯　川端の没後二十年の時に、小川さんが「新潮」で『たんぽぽ』のことを書いていて（P136・参照）、それを読んだ時に、この『たんぽぽ』の系譜を引き継いでいるのは小川さんじゃないかな、とすごく印象に残ったんです。『たんぽぽ』には「人体欠視症」っていう、愛していると姿が見えないという架空の病が出て来るんだけど、小川さんの文学の中にある、ある種の欠損感覚であったりとか、そういうところが確かに川端に繋がっているような気がしました。川端ってたとえば代表作とされる『雪国』でも「この指が覚えている」「いい女だね」のような表現がいわゆるフェミニストたちから忌避されてきたところがあるんだけれども、必ずしもそうではなくて、むしろ川端が持っている両性具有的な側面が小川さんの文学と繋がっているような気がしたんです。

小川　そう言っていただけるのは光栄です。欠損、つまり無い、ものの奥から何か生々しい手触りを引きずり出す。そういう点で、『たんぽぽ』には特別な魅力を感じます。しかし、私の小説とどうつながっているか、簡単には説明しきれない混とんが川端文学には内包されています。今回、まとめて集中的に川端を読んでみて、改めて捉えどころのない人だなという印象を持ちました。二年ほど前に今福龍太さんと宮沢賢治について対談をしたことがあるんですが、もう話題が尽きないんですね。人間と動物の交感とか、言葉になる以前の言葉とか、愚者こそが持っている尊さ、あるいは宇宙との関わりや野生のエロティシズムとか、いくらでも話題が出てくる。しかし川端康成のことを考えると、もちろん入り口はあるんですけれども、なんかドアノブがないみたいな（笑）ひとり取り残される、戸惑うような印象がありました。

佐伯　そう、難しい対象ですよね。どこかするりとすり抜けるみたいな。でも川端に理論がないかというとそうでもなくて、第一、川端自体は最初は文芸批評家としてスタートしたわけです。ただ、そのロジックが独特なんだと思う。それが他の批評家には捕まえにくいところかもしれません。特にさっきの『たんぽぽ』は未完だっていうこともあって、言葉で掬い上げるのは難しいんだろうけど、あれで全然鑑賞に耐える作品になっている。

小川　未完かどうかを言えば、他の作品でも、一応は完結して全集にも入っているかもしれないけれど、「え、これで終わりですか?」というような作品がけっこうありますよね。

佐伯　それもそうだし、たとえば『みずうみ』みたいな作品だと、十二回連載して本にするときに、第十一回の後半と最終回をズバッと切って、その前で終わらせるというようなこともやっている。

小川　そう、長編小説の書き方が独特です。短篇としていろいろな雑誌に発表したものを最後に繋ぎ合わせて一編にしたりとか。

佐伯　いわゆる外国文学の長編、ロマンとかそういうものとちょっと成り立ちが違うんだね。

小川　だから川端にとってプロットがどういうものだったか、というところに興味があります。

佐伯　プロットとストーリーということを考えると、ストーリーの方なんだろうね。ストーリーと細部、ディティール重視なんじゃないかな、筋立てや仕組みとしてのプロットというよりはね。まあ全然プロットがないとは言えないんだけど、日本文学の系列で言うと、たとえば漱石はイギリス文学を学んだ人だからプロットの概念はあって、きっちりプロットを立てて書いていると思うんだよね。一方、川端が影響を受けたのは徳田秋聲で、秋聲の作品を読むと、プロットがないっていうか、結構行き当たりばったりでストーリーが展開していくんだけど、そこに驚くべき細部が現れては消え現れては消え、みたいな感じで、こういうのは西欧文学から見たら随分変なことをやっている文学ですよ。

小川　『名人』という小説がありますでしょう。囲碁の名人戦の観戦記を小説にしたものですけれど、ただ二人の人間が黙って向かい合って座っているだけ、一日に数手しか動かないのに何を書けばいいんだって普通思うはずです。しかし川端は「見てさえいれば書けるものだ」と言っている。あらかじめ自分でプロットなんか立てなくても、その場に行って見さえすれば書けると、最初から確信している人なんでしょうね。

佐伯　見るということに関しては、初対面の女性の編集者が、三十分間何も話してもらえず、ジロジロ見られて泣き出してしまったという有名な話もある。でも人によっては喋らずにいてじーっと見られていてもそれが気詰まりじゃない人もいたみたいですね。

小川 やっぱり川端も書いているように、盲目のおじいさんと二人だけで暮らして、世話をしていたことがその習慣を作ったんでしょうか。盲目の人の前では相手をジーっとみても気づかれないから、つい見てしまう。

佐伯 まあそれは大きいでしょうね。

小川 ですから相手があたかも盲目であるかのように見入ることができる。

佐伯 目の前のものの、その奥にあるものというか、見えないものを見てるってことか。

小川 それを見られるのが怖い人は、やっぱり泣いちゃうんでしょうね。(笑)

佐伯 結局、人間同士は眼を合わせることでコミュニケーションがとれるもので、死体というのは目が開いていても視線が合わない存在ですよね。それでいうと、川端という人は生きてる人間であってもなんかそういう感じで見ている気がする。

小川 もう一歩踏み込むと、見て触るという「手」へのこだわりが……。

佐伯 そう、ロダンの彫刻の「女の手」を見ている写真がありますよね。

小川　それがまた谷崎潤一郎の足と好対称だというのが面白いですよね。

佐伯　ああ、そうなんだなあ。

小川　見て触れるといえば、『眠れる美女』がそのままですよね。あれはアイディアとしてすごくうまいことを考えついた小説だと思うんです。またあれが川端にとっての一つの理想だったというか。ここに出てくる女性の呼称が「娘」なんです。「女」とか「少女」ではなく、「娘」。「娘」というのは非常に微妙な年齢なんですね。その彼女が感情も何も表現できない状態でまるで生きた人形のように横たわっている。それを自由に自分の手で触れることができるというのは、川端が女性に求めていた究極のものなのかなと。

佐伯　端的に言えば、処女ですよね。まあ総論的に言うと、川端っていうのは結局、処女をずっと書いていたんじゃないかと思うぐらいで。

小川　ですから若い頃婚約して振られた伊藤初代さん、あの人への執着は、ちょっと度を外れてますよね。

佐伯　それが一生、川端を貫いたところだと思いますね。二〇一四年に、川端が死ぬまでずっと自分の仕事机の中に入れていた初代さんからの書簡十通と、出さずじまいになった自分の書簡一通が出てきたんですが、それがいちばんの川端文学の核心ではないかと思うんですよ。川端自身も日記や短篇小説には一部書いていたので、その書簡の存在はうすうすは知っていたんですが。福島県の会津若松から上京してカフェで働くようになった十五歳の初代さんと、一高生だった二十歳の川端は知り合う。けれども、カフェのマダムが台湾へ行くことになって、初代は岐阜のお寺に預けられることになり、そこを訪れた川端と婚約する運びとなる。岩手県の岩谷堂に赴いて初代の父の承諾も得る。ところが、結婚に反対していた岐阜の寺の住職に、あろうことか初代さんが犯されてしまうんですね。それが初代さんから婚約を破棄することになった「非常」の真相であると。そのことは川端の全集に収録された日記には書いてあったから、川端研究者はある程度知っていたみたいだけど、あえて触れないでいたところが、二〇一四年に出てきた書簡をきっかけに、かなりはっきり出すようになった。「非常」のできごとがあった当時は、川端は二十二歳くらいかな。自分の婚約者があろうことか寺の住職に犯されるとは、これは川端にとっては、世界が一変してしまうくらいのとてつもない事件だったと思う。それでいちばん頭に浮かぶのが、『掌の小説』の中の「心中」っていう作品なんです。あれはその時の川端の内面を絶対にあらわしていると思う。つまり「神からのひとつの神託」、この世に対する恐怖のようなものが川端の頭の中で花火のようにスパークして、「……するな」「……するな」「……するな」というリフレインになる。あの三音は神託のリズムだと思うんだけど、最後に「呼吸もするな」という四音目が加わった時に死ぬ。この「心中」は僕は重要な作品だと思うんです。川端はあの時のことを書いているんじゃないかなと思っている。あれは事が起こった二年後くらいに書いたものかな。大正十四、五年あたりの作で、おそらく二十五歳くらいで書いているんですけれど、まあすごい作品ですね。

小川　妻子を捨てた夫が、手紙によって徐々に彼女たちを追いつめてゆく。日常生活のさまざまなことを一つずつ禁止していって、死に至らしめる。

佐伯　小川さんは新潮文庫の『掌の小説』に解説を書いてますよね。（P146・参照）

小川　はい。新版の文庫解説を書いてますけれども、あの小説、「音を立てるな」って言われているのに、奥さんは卓袱台を玄関にワーっと放り投げたりするんです。それで最終的には離れて暮らしているはずの旦那さんが隣で一緒に死んでいる。

佐伯　あれは解釈してはいけない小説だという気がしないでもないけれども、ひとつには旦那の方は最初から死んでいて、それで奥さんの方にもある種の妄想があって、子どももろとも……っていうことかもしれない。あるいは「心中」というタイトルにしても、読みようによっては「しんちゅう」、つまり「心の中」とも読める。

小川 ああ、ああ。

佐伯 つまり妻の妄想的な心の中。まあ普通の意味の「心中」でいいと思うんだけど、あれは何ていうか、短いんだけど、他に知らないくらい動かし難い何かがある。

小川 そしてそれを初代さんとの関係と結びつけて考えてみると……。

佐伯 あれは明らかにあの一連の出来事の精神的な渦中で書かれている。

小川 そして初代さんは「丙午」の生まれで、「火」に関わりの深い運命を持っていると考えると、『掌の小説』の中の「火に行く彼女」で燃え盛っている街に向かってあえて歩いて行く彼女とか、「馬美人」で裸馬に乗って天空に駆けていく彼女とか、掘り返していけば必ず初代さんが出てくる。

佐伯 川端にとってはやっぱり絶対的なものとしてあったような気がする。

小川 でもあの初代さんの手紙の中の「非常」という表現（「私にはある非常があるのです。それをどうしてもあなた様に話す事が出来ません」）あれが何か言い方が変ですが、上手いんですよね。

佐伯 ほんとうに。「非常」って普通そういうふうには使わないんだけど、「常あらざるもの」だよね。

小川　もっと平凡な表現、ぼかした表現もあると思いますが、そこはちょっと文学的に……しかし有無を言わせぬ迫力がありますよね。

佐伯　その辺のいきさつは「南方の火」とか「篝火」などでも川端は書いているけれども、それよりも端的に出ているのは「心中」だと思うな。

小川　当時の道徳観を考慮に入れたとしても、川端がその「非常」を許して結婚する選択肢はなかったんでしょうね。それは初代さんの方が無理か。

佐伯　そこはあるかもしれないね。ただやっぱり川端自身も言っているけど、川端が初代さんとの結婚で望んだことは、生まれたときから父も母も知らないから、とにかく家庭が持ちたい。あとは奥さんとままごとをしたいって言うんだね。夫婦で一緒に子どもの頃の遊びがしたいと。だからやっぱり処女じゃないとダメなんだろう。結局その後、川端は青森県八戸出身の秀子夫人と結婚するわけだけれど、夫人とも飽きもせずにおはじきをやっていたと。

小川　おままごとをやる相手は、ある意味そういう幼児性を持っていなくてはいけない。となればもちろん処女でしょうね。『伊豆の踊子』で、踊り子が自分が思っていたよりも実はとても若かったんだとわかった時に、すごく喜ぶでしょう。そういうところにも現れていると思うんだけれど、女性を一つの人格を持った存在として愛するんじゃなくて、子どもとして愛する。それによって自分が経験し得なかった子ども時代を一緒に味わいたいという、ちょっと歪んだ結婚観なんですね。

佐伯　それは女性からするとたまったもんじゃないか。

小川　それはそうですよ。だから初代さんと結婚してうまく行ったかというと、それは別問題でしょうね。

佐伯　初代さんはちがうカフェで働くようになって、そこの支配人と結婚するんだけど、カフェが関東大震災で倒壊したりして、その人と仙台に移り住むんです。ところが、ご主人が亡くなってしまい、再婚したものの生活が苦しくなった初代さんは、新進作家になっていた川端を頼って、川端家にやって来たりするんですね。初代さんの前夫との子どもを養子にもらってもらえないか、というような話もあったりして。さすがにそれはねえ（笑）実現しなかったわけだけれど。もしかすると生身の彼女と川端の中で結晶化された初代さんとは別なものだったのかもしれない。

小川　そうそう、養女をもらうっていうことにこだわるんですね、川端は。

佐伯　結局自分の身内の黒田家からもらうわけだけれど。

小川　はっきり言ってるんですよね、子供は作らずに養女をもらうのが自分の理想だって。

佐伯　それで言うと、たとえば『みずうみ』を読んでも、あそこに出てくる少女もやはり初代さんを思わせる。いわば「非常」の出来事によって川端の中に生まれたのは「愛というものは相手を殺してしまうもの」ということだったんじゃないか。それはある種「愛」というものの強迫観念、オブセッションみたいなもので、『みずうみ』も『眠れる美女』も『たんぽぽ』にしても、すべてその愛に対する強迫観念で貫かれているんじゃないかと思いますね。

小川　大抵愛することによって何か不幸が起こる。『たんぽぽ』もそうですけど、あるいは『山の音』なんかでも。

佐伯　そうですね。

小川　ほんとうに好きだったのは奥さんじゃなくて、奥さんの死んだお姉さん。そしていまは息子の嫁に執着している。本当に愛さなくちゃいけない人には心が向いてないんですね。冷徹な人ですよ、川端という人は。

佐伯　やっぱり冷たいよね。感じるのは「冷たさ」だね。まあそれは寂しさでもあるけど。

小川　寂しさゆえ、なんですね。子供時代の生い立ちに由来する欠落感は、大人になってから他の物で補えない。それを奥さんに求めてもダメだし、まるで穴の空いたバケツに水を入れているのと一緒で、一生背負っていかなくちゃいけない。確かに寂しい人ですね。それは彼の責任ではないけれど。でもペンクラブの会長を何年もやったり、多くの作家たちの葬儀委員長をやったり、社交性もありますよね。

佐伯　たぶん、どうでもいいと思ってるからできる、というところもあるかもしれないな。『たんぽぽ』の原稿をとった「新潮」の編集長だった坂本忠雄さんも言っていましたけど、まあ腹の据わった人だったと。

川端文学との出会い

佐伯　僕にとっての川端文学というのは、これは僕の作品の中でも何回か書いているけれど、母親との関係がどうもうまくいかない、そんな時に生まれた文学の原点につながるもので、最近、吉村萬壱さんの『哲学の蝿』を読んでも身につまされたんだけど、僕も結構悪さをした子どもだったから、「あんたなんか本当は産むはずじゃなかった」と暴言を吐かれたりもして、そういう時に出会ったのが川端康成訳の『小公女』であったりするわけです。まああれは野上彰さんとの共訳だけど、まさしく孤児の話で、幼稚園の高学年か小学校に入りたての頃に、僕は布団の中で手がかじかむんで片方ずつ入れたり出したりして読むわけです。ノーベル賞をとった後か前か定かでないけれど、それで川端康成という名前を知った。そのあと中学生になった頃かな、何か他にも読んでみようと思って、旺文社文庫に入っていた『川のある下町の話』という「婦人画報」に連載していた婦人向けの小説を読むんです。で、その中にも「愛のオブセッション」が出てくる。ふさ子という孤児の女性が出てきて、彼女がインターンの男性と恋をするんだけれど、やはり自分の愛する人はみんな死んでしまうという恐怖感に囚われている。代作者が書いたという説もあるようだけど、僕はその作品が好きで、そこには「寂しさ」もあるんだけど、川端の作品に特有の相矛盾することを同時に表しているところがあって、そこに感じたのは「あたたかい寂しさ」とでもいうようなものなんだね。だから川端の手が入っている作品であることは間違いないと思っている。川端研究の第一人者の森本穫氏も、充実した川端作品として論じていた。これまでずっと川端の作品を読んできて、どの作品にも何か撥ねつけられるような冷たさはあるんだけど、同時にある種の「あたたかさ」が共存している印象があるんです。僕にとっての川端文学との出会いはそんなところなんだけど、小川さんはどうですか。ちょっとその辺りを伺いたいんですが。

小川　私は割と大きくなってから、高校生の時ですが、「片腕」なんです。それもあの一行目。あれでもうぶっ飛んでしまった。ああいう風に人間の肉体を物体として扱いながら、それでいてエロティックであるという。そういう方向から入っていったんですね。で、他にも色々と読んでいると、首から肩の付け根の丸みの白さ、みたいな表現がよく出てきて、この人はこの腕の丸みのところに非常にこだわりがあるな、と思ったんです。

佐伯　まあフェティッシュですよね。

小川　ええ。それで『眠れる美女』を読むと、やっぱり女の手の描写が延々と続くんです。人間の手だけを描写しても文学になるんだという驚きがありました。先ほど『名人』のことをお話ししましたが、それと同じように、何かそこで事を起こさなくても

「見る力」があれば書けるんだと、川端を読むと強く感じますね。

佐伯さんのおっしゃる「あたたかい寂しさ」ですが、いろいろな人の葬儀委員長をやって、そこで読んだ弔辞とか、残っているさまざまな書簡。あと北條民雄を発見したり、岡本かの子や林芙美子を励ましていたり、そういう側面から見ると本当に心温かい人なんですね。だから孤独で寂しいんだけど、他人を拒絶するというのともちょっと違う。

佐伯　それを言えば谷崎は結構拒絶的だもんね。そこも確かに対称的ではある。

小川　川端と谷崎との対称って本当に面白いですよね。谷崎はプレイなんです。松子さんとの関係にしても、ああいうマゾ的な世界を演じているっていうか、お互い役割を分かって楽しんでいる感じ。でも川端にはもうそうならざるを得ないような切実感がある。そこがちょっと哀れでもあるんですけど。

佐伯　まあ、だからこそ読まれ方とすれば、谷崎の方が今は人気があるとも言えるんだけれどね。というのも、川端が谷崎の『春琴抄』を批評して、「谷崎潤一郎氏の『春琴抄』は、ただ嘆息するばかりの名作で、言葉がない」とはじめは絶賛するんだけれど、その後で「谷崎氏は自ら鶯や雲雀を飼ったことがあるかないかは私は知らぬ。よしんば自ら手がけたとしても、春琴が愛したごとくではなかったに違いない。雲雀を愛する人物を書くには、まず作者自らその人物以上に雲雀を愛した経験がなければならぬ、そんな馬鹿なことはないけれども、作品の信用というものは、小さな隙間風にも揺らぐのである」という評を加えているんです。これは二人の違いを考える上で重要なところで、やっぱり谷崎の方は情報で書いているような感じがあるんだね。

小川 ああ、それはありますね。

佐伯 そこはインターネットがこれだけ広がり情報が多くなっている現代との親和性は谷崎の方がよりあると思う。

小川 考えてみれば、『春琴抄』はすごく凝った構成になっている。佐助が死んだ時にお葬式に配る手記という形をとっていて、そのお墓参りをするところから始まっている。二人のお墓が並んでいて、もちろん春琴の墓の方が大きくて立派で、佐助のお墓が小さく寄り添っている、……小説の形を整えるのはやっぱり谷崎の方がうまい。

佐伯 それがプロットなんじゃないかな、谷崎の方は。一方、川端の方はプロットじゃなく、あくまでも細部を重視する。だからさっきの『春琴抄』の評の後半では「そこはたくらんだプロットになっていて、細部がおろそかになってしまっているんじゃないか」という谷崎に対する批評だと思う、そういうところにも二人の違いは現れているんじゃないかな。

小川　そこが『細雪』みたいな大長編を、川端が書かなかったということにもつながっているんですかね。

佐伯　ただ、『細雪』は僕も好きですね。あれだけ百科全書的に関西の生活を描いてくれると面白いですよね。

小川　面白いです。ただ三女の縁談がまとまるかどうかだけの話ですよ、言ってみれば。

佐伯　ラストも、雪子の腹具合が悪いところで終わっていて。

小川　ようやく結婚が決まって、夜汽車に乗って去っていく……あの終わり方を見ると、プロットっていう意味では何も考えずに書き始めたのかなあとも思いますね。

佐伯　確かに『細雪』にかぎっては、ストーリーと細部で出来ている感じがするかな。

小川　まあ戦争中だったって事もあって、ある種の慰めだったんですかね、架空であってもああいうきらびやかな世界にひたれるっていう事が。

「手書き」独特のアナグラム

小川　やはり川端は短篇の人でしょうか。あの『掌の小説』の異様なきらめきは、掌編小説と言われるものでも、もちろん星新一とも違うし、もしかしたらほかの誰も、書いてないものではないでしょうか。あれは「落ち」がある面白さと全然違うんですよね。

佐伯　ええ。ただ、星新一があの「心中」に関しては、あんな恐ろしい小説を自分は読んだ事がない、って絶賛してるんですね。あれを読んだら、睡眠薬を飲んでも、寝れなくなって、それほど魅入られたって書いてたなあ。

小川　星新一もそこを目指していたんでしょうか。

佐伯　まあ分かる人には分かるって感じかな、あの完璧さは。「心中」に関して、堀江敏幸さんが日経新聞に書いていて、なるほどなあって感心したんだけれど、「川端康成の掌編の主人公は、酷薄さの結晶を多面体にカットした存在であって、心に入射しようとする自他の感情の種類を吟味することなく、説明抜きで全反射させてしまう」というんですね。「心中」っていう小説はひとつの結晶体の塊みたいなものだから、読んだ人それぞれの心に入った光が乱反射するので、読んだ人の数だけ解釈が成り立つ、本当にそんな感じがある。

小川　私も今日、佐伯さんから「心中」の話を伺って、そうか、あれは奥さんの妄想だったのかなって（笑）目から鱗でした。

佐伯　でもまあそう解釈してしまうとまたね……。

小川　面白くないけれど、でもそういう読み方も許してくれる。あの短さの中で許容範囲がすごく広いですよ。

佐伯　そういうことをいろいろやってるんだよね、川端は。

小川　しかし、睡眠薬のことがなければ、彼ももっとじっくり腰を据えて長編小説を書く体力もあったのかもしれないですね。やっぱり睡眠薬は変な夢見るって言いますね。

佐伯　僕も鬱で十年ぐらいは……僕の場合は導眠剤だったけれど。そういうのはありますね。

小川　すごく変な物が残るような後味の悪い夢を見て、その夢のシーンかな、と思えるものもちょくちょく出てきます。そういう奇妙さがある。それを夢だとは書いてないんですけれど、夢か自分のアイディアかということも、境目がなかったかもしれません。

内田百閒も夢を素材にして創作していますが。

佐伯　夢か現実かという二元論のような考えがあまりないね。そこから『みずうみ』みたいな作品が生まれてきたということもあるけれど。

小川　あの『みずうみ』って本当に変な小説ですよね。

佐伯　でも異様に綺麗なんだよね。湖を照らし出して消える稲妻の幻影とかのイメージが。

小川　初恋の人と湖の畔を歩くところ、あるいは、湯女の声に、清らかな幸福と温かい救済を感じる、最初のシーンなどにも哀れみをもよおすほどの美しさがあります。でも教え子の後をつけて行って、見つかったところで「先生、なにか御用ですか」って問いただされて、何の前置きもなく、「お父さんはなんか水虫のいい薬を持っているんじゃないか」みたいな。（笑）もう全く破綻してる話なんですけれど、またその水虫っていうのがね。『みずうみ』の主人公は自分の足に対して嫌悪感を持っているんですが、それがまた谷崎とつながってくる。手への憧れの反比例として、足に対する嫌悪がね。でも何の前触れもなく、突然「水虫によくきく薬があると聞いたので」とかって。（笑）

佐伯　そこは『雪国』なんかでも感じるんだけど、川端は手書きで書いていて、原文は旧かなだから「み・づ・う・み」って書いて、「み・づ・む・し」と……その繋がりで、主人公の心臓と直結している川端の中から、ふっとでてきたんじゃないかな。

小川　ああ！　なるほど、そうか！

佐伯　それを前に富岡幸一郎さんが『川端康成　魔界の文学』を出したときに「三田文学」でやった対談で僕がそう言ったら、富岡君も絶句して、「ああ、そうか」って言ってくれたんだけど、なんかそんなところがあるんだよね。川端には。

小川　でも普通の作家なら『みずうみ』を書いていて、水虫って閃いたらそこをどうにかつなげようと……。

佐伯　プロットをちょっとぐらい工夫するかな。

小川　小手先でなんか細工をした上でもってくると思うんですけども、おかまいなしなんですよ、川端は。

佐伯　これは川端の特徴でもあって、『雪国』もそうなんだけど、『雪国』に特徴的に出てくるのは虫へん。最初に島村と駒子が出会った時に、蝶々が高く舞い上がっていくっていういいシーンがあって、そして後になると「蛾」が出てくるんだよね。蛾って「虫へんに我」と書く。それが駒子の方が若干わがままになってきたあたりで出てくる。その次に駒子の唇の描写が「蛭」なんだね。虫へんに「至」。つまり二人の肉体関係を示唆するような感じに川端は使うわけだ。あるいは蝦蟇ガエルが近づいたり遠ざかったりすることで性の営みをおぼめかして表現する。その蝦蟇も虫へんでしょ。そんなふうに手書きの手癖のように、作品の中での川端なりの変な繋げ方がある。そういうロジックってたとえば批評家が指摘しても何にもならないようなことだけど、川端にはそういう不思議さがある。

小川　秋が深まるにつれ、蛾が死んでゆく。それを手に取って島村が〝なぜこんなに美しく出来ているのだろう〟と思う印象的な場面があります。虫へんを使って、別れと死の予感をしのび込ませている。でも、このあたりの虫へんの違いを読み取るのは、かなりマニアックでないと……。読者に媚びないっていうか。これで伝わるかなっていう心配が無いんですかね。(笑)

佐伯　そうそう。だって『雪国』の最後には天の川が出てくるけど、その前には蚕部屋が出てきて、蚕は天の虫でしょう。

小川　ああ、そうか！

佐伯　書き言葉や文字に対して、変な何かがあるんだ、あの人は。

小川　あの人は書きながら自分の字を、物凄く集中して見ていたのかもしれないですね。

佐伯　だからさっきの『みずうみ』から「みずむし」っていうのもあながち……『雪国』なんかはもう自分で『雪国抄』っていう抄本を筆書きで、ずっと死ぬまで作っていたっていうぐらいなので、手書きの字が好きで、そういう発想が多分あるんです。

小川　そう考えると文字フェチでもありますよね。

佐伯　円城塔さん以上の文字フェチかも。

小川　ええ、多和田葉子さんとかね、文字ひとつからいくらでも派生していく。

佐伯　それはやっぱり日本語じゃないとできないかもしれないね。

小川　でも『雪国』も何回読んでもよく分からない小説です。

佐伯　最後がやたら長いしね。

小川　葉子さんは一体何なんだろうっていうことも解決しないですよね。葉子さんの声が綺麗だっていうことが何回も出てきて、多分編集者の立場だと「これ繰り返しすぎじゃないですか。削ったほうがいいんじゃないですか」っていわれちゃいそうなぐらい声にこだわっていて。

佐伯　「美しい声」とか、「悲しいほど美しい声」とか、よく書くよね。

小川　そういう繰り返しがあります。

佐伯　普通だったら編集者に絶対チェックされちゃうよね。（笑）

小川　そうですよ。葉子さんは清潔というイメージがすごく大事にされていて、美人というよりはとにかく清潔であると。それと成人した女性駒子との対比。まあ葉子っていう美しい声に象徴される処女性を持った人がどうしても必要なんですかね。

佐伯　それで葉子の命が助かったかどうか分からないんですもんね。やっぱりある種の「愛の脅迫観念」で身を滅ぼすわけだからな。

小川　近代文学館で創作ノートを見ると、葉子が駒子を殺すようなもっと凄まじいラストを考えていたようですね。

佐伯　最後は火事になってからが結構長い。終わらせたくないっていう感じなのかな。でも川端の中ではこの『雪国』がいちばん小説らしい小説だという気がするね。

小川　女性から見ると島村という主人公、と言っていいのか、語り手の男にどこか人間くささがないですね。存在感が薄い。

佐伯　島村には、奥さんに悪いじゃないか、というような意識はあんまり感じないですね。

小川　それは全然感じないし、ふつう寂れた雪国の芸者と都会の男性の愛欲の物語というと、みんなもっと違うイメージを持つと思うんですけれどね。島村は結構透明な感じ。鏡だっていう人もいますよね。島村が鏡でその鏡に映る駒子や葉子を描いている小説なんだと。

佐伯　最初に出てくる鏡に合わせてね。あれも、「この指が覚えてる」っていう部分を取り上げてそこがエロティックとかいうわけだけれど、最初は「濡れた髪を指で触って」という書き出しだったんですね。『雪国』は推敲の極致みたいな小説で、いろんな雑誌に書いたものに何度も手を入れてまとめたわけだから、元は全然違ってたんです。そうすると「この指が覚えてる」っていうのは「髪を触った時の指の感触を覚えてる」っていうふうに読むのが普通だとも思うんだけど、やはりそういうところで少し誤解されている部分もあるのかなと思います。

小川　でもやっぱり指なんですよね。感度がいちばんいいのは。

佐伯　そうなんだな。

小川　そしてやっぱり「見る人」なんです。島村が鏡だとして、そこに女性たちを映して書くということは、そこに鏡を「見る」行為が一つ入ってます。

佐伯　僕は川端の『雪国』はメーテルリンクの「ペレアスとメリザンド」みたいなものじゃないかなあと思うんだよね。またそういう所が西欧に受け容れられた理由でもあるのかな、と。「ペレアスとメリザンド」も、ペレアスが王太子ゴローに殺されたりすることがあったりしても、ペレアスとメリザンドの二人は一心同体っていうか、どこかの国の、どこかの世界の、おとぎ話の住人のようである……。島村や葉子もまたそうした透明な存在であって、そういう意味では川端も西欧文学からかけ離れてるわけではないんですね。

川端文学のグロテスクさ

小川　『古都』はどうですか？

佐伯　済みません。今回は『古都』はまだよく読めてなくて……。

小川　川端の長編っていろいろな人物が出てくるんですけど、一対一で向き合ってぶつかり合うんじゃなくて、交差する感じなんです。『古都』の二人も結局お姉さんの方を好きだった機織り職人の男の人が最終的には妹の苗子の方を好きになる交差が起きるんですよね。『美しさと哀しみと』も、あれは愛する師のためにレズビアンの女弟子が師を裏切った男の家庭を壊そうとする復讐の話ですが、それが主題じゃなくて、やはりさまざまな人間たちのすれ違いが積み重なっている。川端の小説って、そういうのが多い気がしますね。

佐伯　『千羽鶴』だってそうですね。あれも結局、交差するところに生まれる小説だと思うんだけど、でも交差するだけで、人間関係としては交わらないんだよね。

小川　そうなんです。あれもお父さんの元愛人と関係を持つという、ここもまた鏡の構造になっているんですね。未亡人にとってはお父さんとその息子の菊治っていうのが対で、鏡に映るように向き合っていて、そして菊治にとっては未亡人とその娘……その娘ともまた関係を持っちゃうんですけど……が対になっている。『古都』では千重子と苗子が対だし、『雪国』の駒子と葉子も対でしょ？　いつも登場人物に同化するような一人が必ずいるんですね。

でも『古都』なんかは睡眠薬の副作用で、何を書いたか自分でもよく覚えてないって本人が言ってるんですよ。「私の異常な所産である」と。（笑）『古都』はお父さんがちょっと異様な人なんです。傾きかけた老舗の着物問屋のご主人なんですけれど、なじみの芸者に歯を見せろって言って、その芸者の前で舌を出して吸わせるとか、本当にもう気色悪いお父さんなんです。ああいう気色悪さを書かせたら、もう天下一品ですね。

佐伯　川端は日本美を描いたというところもあるけれども、結局のところグロテスクだよね。

小川　そうですよ！　まさにそうです。

佐伯　『みずうみ』でも銀平が道路の側溝に身を隠して少女を待ち伏せしながらすみれを齧っている、というような場面。あれ、川端は齧ってみたんじゃないかと思うな、実際。

小川　いやあ、やりかねませんね。すみれを口にふくんで、歯で切って、のみ込もうとするけれど、のみ込みにくかった、などというあたりの描写は、野生の毒々しさが表われています。ちょっと前にそれで捕まっていたひとがいますよ。側溝にずっと隠れて上を通る女の人を、ただ見ていたのか盗撮していたのか知りませんけれども、その人によると、もうそうせざるを得ないなんですって。そういう狭い溝みたいなところにしか僕の居場所はないんです、と。それを聞いた時、この『みずうみ』を思い出しました。

佐伯　あと、犬に赤い糸のついた縫針を刺そうとしたり。

小川　初恋の人が飼っていた犬の耳に、縫針を突き通してやりたい、という歪んだ欲望を覚えたり、目を付けた清らかな少女が散歩させている犬に、靴の匂いをかがれ、屈辱を感じたり。それと蛍狩りのときに蛍籠を黙って少女の腰のベルトに引っ掛けちゃうとか。

佐伯　あのあたりはもう急にファンタジーみたいになって。

小川　宮崎駿の『千と千尋の神隠し』みたい。(笑)

佐伯　その後は、幻視で赤ん坊の姿を見たりとか、すごいよな、あのグロテスクさっていうのは。まあ、あそこは綺麗な描き方だし、いいところなんだけど。

小川　そう。もうグロテスクを通り越してメルヘンになっちゃうぐらいのところまで行っていますね。映画にするとしたら、演出のしようによっては、「密やかな愛の表現」みたいに映るかもわかりませんけれども。

佐伯　「川端さんも、少女趣味なこと！」みたいなね。(笑)

小川　まあそれはあるんでしょうかね。

佐伯　あるんじゃないかな。おはじき好きだったし。やはり両性具有的だよね、川端っていう人は。

小川　最近『少年』という小説が新潮文庫から出ましたけど、あれは川端としてはものすごく直接的に男の子に対してぶつかっていっているんですよね。対になる余計なものを持ってくることもなく、「彼が本当に愛おしい」という恋愛小説の王道のような書き方をしています。

佐伯　川端の両性具有的な側面を考えると、そんなにフェミニストに嫌われるようなものでもないという気が僕はするんだけどね。だいいち川端の小説の中には、女性を犯すという衝動に繋がるようなタイプの男性は出てこないよね。

小川　むしろ逆ですよね。清らかなままでいてもらいたいっていう、まあ勝手な願いを押し付けてはいるけれども……。

佐伯　そっちはそっちで異常ではあるんだけれど、マッチョではないよね。

小川　乱暴ははたらきません。暴力によって男らしさを見せつけて、っていうことはない。

佐伯　それはむしろ谷崎にはある。専制的なね。

小川　ええ、家父長的と言ってもいいかもしれません。

「佛界易入　魔界難入」

佐伯　『たんぽぽ』では川端が自己をパロディ化したようなところがあるんです。老人が「仏界入り易く、魔界入り難し」って書いているっていうところね。あの存在なんか、多分あの小説があのまま書かれていたら西山老人が彼女に対してそういう行為に及ぶっていう感じがないではないけれども。『たんぽぽ』も不思議な小説ですよね。台詞劇みたいな。

小川　延々としゃべっています。聞こえてくる鐘をついているのは稲子さんだとしつこいほどに繰り返し語り合う。それと一つあの小説で面白いと思うのは、婚約者の稲子さんのお父さんが馬に乗っていて崖から落ちて死んだというエピソード。あそこだけ激しいんです。お父さんは戦争で片足を失って義足を付けている。それで崖から落ちていく時にその義足が外れて……と、非常にクリアなイメージで描かれているんですよね。

佐伯　さっき小川さんが言った「丙午」との関連もあるのかもしれない。

小川　ああ、そうか！　あそこだけ切り取って『掌の小説』に入れてもいいくらいのシーンですよね。それに引き換え稲子の母と、婚約者久野、二人のタラタラした会話が（笑）……じゃああの二人は関係を持つのか、とか。

佐伯 そういう感じにはなるよね。意識して着替えたりするとか。

小川 また『たんぽぽ』がひらがななんですよ。

佐伯 あの中に白いネズミとか、白がたくさん現れているよね。

小川 何か異界へ誘い込むようなものがちらっと出てくるんです。例えば、すごい美少年が出てくるんですよ。〝あざやかに黄の濃いたんぽぽのような〟少年とすれ違うシーンがあって、それでお母さんが、「わたし、あの子を盗んでかえりたい。」と言う。だから書き続けていれば少年はどうなっていたかな、っていう想像も膨らむけれども、これで終わりだと言われればそれで納得できますね。

佐伯 やはり異界のようなものに触れる時に、必ず何か出てくる。だからあれがこの世のことなのか、あの世のことなのか……。

小川 魔界の案内人というか妖精みたいなこの世ならざる者。

佐伯 まあ、魔界の一つの川端なりの描き方なのかなあ、と。

小川 「仏界入り易く、魔界入り難し」という言葉。あれはどう解釈されますか？ 一休の言葉ですけれど。

佐伯　ある時期からの川端の作品は「魔界」というのが一つのキーワードにはなっているんだろうけど、僕はそれは「戦争」だと思うんです。「戦争」であり「原爆」あるいは「災厄」と言ってもいいかもしれないけれど。というのも僕自身が『みずうみ』ってすごく苦手な小説だったんです。高校の時に初めて読んで「なんかつまらない、気持ち悪い小説だなあ」って思っていた。けれど東日本大震災があってその後に読んだら『みずうみ』がいちばんピンときたんですよ。川端はあの言葉の意味を仏教に詳しい梅原猛さんにも聞いていたらしいんだけど、その梅原さんは川端の文学の事を、『雪国』あたりまではまだ正常だったけれど、『みずうみ』あたりから「魔界」というか、ある種の狂気に駆られて「アウト・オブ・ザ・ワールド」的な表現になっていったんじゃないか、というような事を言っている。そういう読み方は以前は同感するようなところがあったんだけれど、東日本大震災があってから『みずうみ』をあらためて読んでみると、あれは「アウト・オブ・ザ・ワールド」じゃなくて、もっとこの世の底が抜け落ちてしまったような、身も蓋もない世界を書いているんじゃないかと思うようになった。震災によって川端の作品が全く違うように読めてきたというところがありますね。

川端にとっても「戦争」、あるいは「原爆」のショックというのはあって、広島や長崎を視察に行った時は原民喜が案内したとも言われていますが、そして原爆の事を小説に書きたいと言っていたそうなんだけれど、あそこで一瞬にして人間の姿が蒸発して消えてしまう、人間が存在した跡しか残らないという世界を書こうとしていて、それが『たんぽぽ』ではあの白い光が乱反射しているような、氾濫しているような光景になって出ているんじゃないかと思うんです。

小川 確かに仏界にしろ魔界にしろ、私たちが生きている現実と別個に世界があるわけじゃなくて、この現実の底の底が抜けたところに魔界がある。現実とひと続きの中にあって、そこまで降りてみないと書けない、そういうことなんでしょうかね。

佐伯 やっぱり川端は幻視者というか、現実が違った様相を帯びているところを見てしまう人だったのかもしれない。「非常」の一件もそうだったんじゃないか。梶井基次郎も川端の「心中」にショックを受けた人の一人で、まだ川端に会ってもいない頃から自分なりの解釈として「心中」のバリエーションを書いたりしたけれど、彼もまた幻視者、「見る人」だったと思うんだよね。梶井が『伊豆の踊子』の校正を引き受けたというのも大好きなエピソードなんだけど。

小川　校正をすることにより、梶井は文字を通して川端とある種特別なつながりを感じたかもしれません。また川端は幻視者であると同時に触覚も大事にしていますね。特に『禽獣』などを読むと面白いんです。犬や小鳥をまず目で見て、そして撫でて。古美術や骨董が好きだったのも、実際自分の手で触ってみたいということがあったんでしょうか。川端は経済観念がなくて、どんどん買っちゃったみたいですね。

佐伯　お金を払わずに置いておいたものもあったとかいいますね。でも中でも有名な「凍雲篩雪図」は後に国宝になったけれども、原爆後の広島を見た帰りにどうしても買いたくなったっていうことですね。あの絵については思い出があって、僕が三島賞をもらった時に安岡章太郎さんが川端賞を取られて、同じ受賞式だった。そのスピーチで、安岡さんが、川端さんのお宅に呼ばれた時にあの絵を見て、ほら、あの絵って白い雪の上に赤い花びらが点々と描かれているじゃないですか。そこのところを指して、「ここにカビが出てますよ」って言ったら、川端さんがギョッとしたっていう（笑）まあそういう冗談をいう安岡さんも安岡さんらしいんだけど。

「死」に魅入られて

佐伯　川端の文章は拾い読みをするのにとてもいい。どこから読んでもいいので、旅先とかで読むのに適しているんですね。川端のエッセイの中で、岸恵子さんがフランスで結婚式を挙げたときに川端が招かれて、村人たちは普段着で結婚式に出ていたのに、自分だけがモーニングを着ていて、気恥ずかしかったけれども、でも自分は全然それが嫌じゃなかった、というのがあるんですが、そんなのも拾い読みをするととてもしっくりくるんです。また、お祝いの食事会の時にトングでエスカルゴをうまく摘めなくて落としてまた摘もうとしたところをみんなが笑ってみてて、でもそれも自分は嫌じゃなくてとても楽しかったって書いている。そういうのを読むと、そんなに不機嫌な人じゃないんだなあと思うね。

小川　自分一人が周りから浮いていたり、失敗を笑われたりしても、怒りにはつながらない。むしろ、他人と交流できることを楽しんでいる。変なプライドにとらわれていないんだと思います。でもにこやかな表情をした写真があまり残っていないから、固定観念で、いつも不機嫌そうなむっつりした人に思われてしまうのかもしれません。評伝などを読むと非常に社交的な人だったことが分かります。人付き合いは上手だったというか、大事にしていたと。そういう川端像と自殺とはちょっとうまく結びつかないんですね。もしかしたら、いまあるような安全な睡眠導入剤があれば、中毒にならずに済んだかもしれないと、どこかで読みましたけど。

佐伯　川端がガス管咥えて布団の中で亡くなっていたっていう逗子マリーナの部屋は今でもそのままにしているらしいんだけど、当時僕は中学生で、そのニュースに接した時に、それはもう胎児そのものだと思いましたね。三島の自決の時と違って、そこには写真は添えられていなかったけれど、その時に川端の中にある「胎児に戻りたい」っていう願望を感じたんですよ。

小川　ああ、なるほど。ガス管がへその緒を象徴しているわけですね。川端の文章で、母に抱かれた記憶がないから、寝床というものの暖かさを知らない。結局自分の人生は寝椅子を探し続けている人生なんだ、というようなことを読んで、やっぱりそういう決定的な寂しさを抱えた人ではあると思いました。しかし、胎児にまでさかのぼるとは、やはり何事も究極を求める人ですね。

佐伯　母へ呼びかけている住吉三部作（「反橋」「しぐれ」「住吉」）にいたるまでね、ずっとそれがあったんだろうなあ。

小川　川端が自殺したとき私は十歳でまだ子供だったので、ガス管を咥えて、それで死ねるのかな、と不思議でした。苦しくなって口から離したりしないのかなあって。

佐伯　もちろん睡眠薬を飲んでいたんでしょうけれどね。あの時は、ガス自殺だと肌の血色が良くてピンク色のまま死ねるらしい、って物知り顔でいうませた友人がいましたね。また川端はお酒を全然飲まない人だったけど、その時はお酒を飲んだっていう説と、いや、飲んでないっていう説と両方あったりもする。飲めないお酒を飲んで、睡眠薬も飲んで咥えたっていうことなのかもしれない。

小川　でも逗子マリーナまで行って、いろいろな準備をしていたということは、本当に覚悟していたんでしょうね。突発的にっていうんじゃなくて。

佐伯　まあ川端さん、飛行機に乗るといつも「この飛行機落ちないかな」って言っていたっていうから。（笑）

小川　それだけ「死」に魅入られてしまったっていうところがあるんでしょうか。

（二〇二二年四月二十四日　大阪にて）

対話Ⅱ　『掌の小説』を読む

『掌の小説』

○小川洋子セレクト

「金糸雀（カナリア）」

「屋上の金魚」

「馬美人」

「足袋」

「隣人」

「不死」

「バッタと鈴虫」

○佐伯一麦セレクト

「骨拾い」

「日向」

「心中」

「合掌」

「化粧」

「雨傘」

★番外で取り上げてみたい作品

『十六歳の日記』

川端康成の「私」

小川　佐伯さんのセレクトは「骨拾い」からで、やはり川端の私性に着目していますよね。「合掌」もお祖父さんの話ですし、「日向」も初代さんとの思い出が出てきます。

佐伯　小川さんも新潮文庫の『掌の小説』の解説（P146・参照）の中に、冒頭の方で「骨拾い」のことを書いていますけれども。

小川　この「骨拾い」、鼻血が出るところから始まっているのがとても印象的です。視覚的にも赤と白の対比が鮮やかで、それも骨の白と血の赤ですから。

佐伯　なるほど、鼻血ね。

小川　鼻血という肉体的な生々しいところから始まるんですけれど、でもお祖父さんの骨についてはけっこう物体として見ている。石灰質であると。

佐伯　モノとして捉えているというか、あそこからは骨の音が聞こえるんですよね。「私」で書いているから、ある種私小説的ではあるんだけれども「私はすうっと空に吸い上げられるようである。」というところの「ようである」とかね、客観的に見ている気がするな。

小川　こんなに短い一編なのに、十六歳の時の出来事を、十八歳の時に書いて、五十一歳で写し取っている、と記されていますね。やっぱりこの短さでもこの人は一息で書けないんだなあ、というのを感じました。

佐伯　そしてここは実際はこうだったんだけれど、こんなふうに脚色した、というような、ネタバレというか、メタフィクションみたいなところもあるんだよね。

小川　日付を、五月だけれど七月に変えたっていうようなところですね。それをわざわざ明かしている。もっとスマートにまとめることはいくらでもできるのに、わざと。また最後に「隣家の狂人を入れる牢に使われている」みたいな不思議な一節が付け加えられてもいます。

佐伯　これも「油蟬が山いっぱい鳴きしきっている。突然びっくりしたようにみんみんが叫び出した。」というような文章に触れると、やっぱり季節は夏にしておかないと書けないシーンではあったんだろうね。そうそう、「骨の鳴る音が聞こえる」というようなところは、小川さんの『小箱』の中で、骨で作ったハープの音を聞くというようなところに若干つながっているのかな、と思いましたね。

小川 なるほど。死んで声を失ったあとで、その人間を思い出す時に「骨が鳴る音」に手がかりを求める。声の代わりとしてそれを聴きたいという願望ですね。でもこの主人公にはそこまで切実な感じっていうのはあるのかしら。それはあまり表面には出していないだけなのか。

佐伯 『小箱』で言えば、それは子を亡くした親の悲しさのような。

小川 ええ、それは根底にあるんですけれども……。「骨拾い」の私もこれでもう孤児になってしまったわけですよね。お参りに来ているのは「あの人誰だろう」という人ばかりで、絶対的な孤独感があります。

佐伯 だからそこは夏で始まらないとダメだったんだろうな。夏の正午前の、蟬が鳴いていて、しかも絶対的な静寂がある、というような。この「骨拾い」もそうだけど、『十六歳の日記』なども何度も何度も書き換えて、ああいう形になっている。川端はそういうふうに書く人で、『雪国』も戦前から書き始めて、断続的に何回か連載したものを書き直して戦後に完成させたんだけど、決定版を出した後も自分の手元に置いて、部分部分を毛筆で書いてつなぎ合わせた『雪国抄』というのが亡くなった後に見つかったんですね。あの人は骨董が好きだったんだけど、そうやって常に自分の作品を矯めつ眇めつ愛玩してたという感じが、こんな短い作品でもあったんじゃないかな。まあこの場合は五十代で手放したんだろうけど。

小川　ああ。だから骨董や小鳥や子犬と同じように、小説も自分の手の中で味わえるものとして、あったんでしょうか。

佐伯　夜な夜な、いつも取り出してはいじっているみたいな。

小川　でも佐伯さん、そんなことあります？

佐伯　いや、ないない。

小川　ですよね。私も書いてしまったものはもういい。読み返すのはむしろ苦痛です。自分の以前の作品を読んだり、ましてやそれに手を入れるなんて。

佐伯　やはり川端は自作に対する向き合い方も独特だね。結局、自分も死んであるものっていう意識がずっとあるのかなあ。不思議だよね。だから前回も話題になった初代さんの手紙もずーっと机の引き出しの中にしまってあって、ずっと持っていたんだから。それもやっぱりときどき夜に取り出してはみてたんじゃないかな。これは後で出てくると思うんだけど「不死」という小説につながっていくような話なんだけれど。

小川　そうですね。あの、老人と少女が並んで歩いていて、そのままの姿で二人とも死んでいるっていう奇妙な小説。

佐伯　あれも川端だから許されるっていう感じなんでしょうね。この「骨拾い」がいちばん最初っていうのも、何か意味深い。それと、小川さんの解説にもあるんだけど、「馬美人」。小川さんは割とダイナミックなイメージで捉えているんだけど、面白いよね、これ。

小川　これは川端の作品の中でもけっこう珍しい女性像だと思いました。ちょっと他に似たキャラクターが浮かばないぐらい。

佐伯　野生的な女性像ですね。この「馬美人」って、僕は柳田國男の『遠野物語』に出てくる「オシラ様」を思い浮かべました。それは桑の木でつくった人形で、馬と娘との二体で一対として祀られる。つまり、遠野で馬を飼っている農家の娘が、飼い馬と仲良くなってついに夫婦になってしまう。ところが親が許すわけもなくて、怒った父親は、馬を殺して木に吊り下げる。馬の死を知った娘は、すがりついて泣く。すると父親はさらに怒って、馬の首をはねる。そのときに娘が馬の首に飛び乗ると、そのまま空へ昇り、オシラ様となったという話。そこから「オシラ様伝説」が生まれて、馬の頭をした人形と娘の人形が一組のお守りとして置いておく習慣ができたんです。そして何か迷いごととか悩みごとがあった時に、それを解決する方向にオシラ様の首が向いて知らせると言われているんです。
初代さんは生まれは会津若松なんだけど、小学校のときに父親の故郷である岩手県の岩谷堂というところにいたことがあるので、川端はオシラ様のことは初代さんから聞いていたのかもしれない。あるいは川端自身が柳田國男に興味があって調べたのかもしれない。これもやっぱり小川さんの作品を引くと、『小箱』に出てくるムカサリ絵馬の話。あれともある種繋がるところがあるかな、と勝手に思ったりもしたんだけど。とにかく「馬美人」の発想は東北の遠野物語的なところにあったのは確かだと思う。
小川 それで最後、馬だか人だかわからないものになって空遠くに駆けていくという、ちょっと口承伝説的なにおいのする話になっているんですね。
佐伯 それから、娘が田んぼで「そんなんじゃダメだ」って母親の頰を殴ったり、母親は母親で「娘の嫁は私一人だ」とか。そういう言い方というのはすごく不思議ですね。
小川 コスモスの花を蹄で踏み倒して、「月光を音立てて蹴散らし」っていうようなところ、そして「白い街道を一目散黒い流星のように南の山へ」っていうところ。こういう描写が素晴らしいですね。

佐伯　さりげなくいちばん最初の方に「コスモス畑」が出てくる。そこが効いていて、最後につながっている。だから短いものでもオチはないけどちゃんとした筋はあるんだよね。

小川　そう、オチがないんですよね。オチとか教訓とか、そういう何かを読者に残さずに去っていく話が多いんです。

佐伯　不思議だね。そこにはある種幻想的な、あるいは妄想的なと言ってもいいんだけど、具体的なイメージがあるんですね。川端の文章ってけっこう視覚的で、そこにはモノが出てくる。モノがちゃんと見えている。多分この「馬美人」でも、このコスモス畑とか、具体的なモノがあって、そのモノに即して夜な夜な妄想を掻き立てて……おそらく、そういう書き方をしていたんじゃないかな。

小川　考えてみると、私が選んだのも「金魚」「カナリヤ」「足袋」……全部モノから発想した小説が多いんです。

佐伯　そういうところって、やっぱり古典が好きだったから「枕草子」などの「モノづくし」の伝統から来ているのかな。そこからそういう発想が生まれたのかもしれない。最初にはっきりした「事物」があって、そこから妄想が始まっているということだろうか。新感覚派の話も後で出てくるかもしれませんが、そこにはシュールレアリスムの影響などもあったわけで、そうするとこういう散文詩的なものが生まれてきてもおかしくはないけれど、これは明らかに散文詩ではなくて、あくまでも小説なんだよね。なぜかといえばここには必ず、ちゃんと「事物」が出ているから。それが小説になっている所以だと思う。「金魚」なんかでもちゃんとモノが出ているでしょ?

小川　屋上に金魚鉢があって、そこにお腹の大きな金魚がいっぱい泳いでいる。腹違いの姉が、主人公の肩に両足をかけ、甲であごを持ち上げる。と、もうあらゆる場面が映像で浮かんできます。

確かな〝モノ〟の手応え

佐伯　さっき少し話に出た「不死」ね。ここに出てくるゴルフ場の金網。これなんかもおそらく鎌倉文士たちとゴルフに行った時に見たモノだと思うんだ。川端はあまりゴルフは好まなかったみたいだけど、小林秀雄とかみんなゴルフ好きでしょう。川端もたぶんゴルフの練習場には行ったと思うね。そこで見たんじゃないかな、あの金網を。しかしそれとこの話が結びつくのがすごく不思議なんだけどね。「コオスとその横の練習場とは、木々でへだてられている。もとは広い雑木林だったのが、不規則な並木のように伐り残されている。」のような描写は、おそらく実際のゴルフ場を見ていたことから出てきたんだね。

でもさっき、オチもなければ読者に残すものが何もないという話があったけれど、川端の小説って描写の中に確かなモノの手応えがあるんだよね。それは生理的に気持ち悪いものもあるけれど。

小川 そのモノをごろんと差し出して終わるには、ある勇気が要りますよね。その勇気がないから、私などつい余計なことを書いてしまう。書いた方が安心だから。それは読者のためというよりも、自分のためにある一行なんですね。余計な一行。

佐伯 確かに作者がそれで気がすむというところがある。でもそれで気をすませないっていうのが川端で、だからこの『掌の小説』も結果的にものすごい長い時間がかかっている。読者に対する納得のさせ方が、その時間の射程がとても長いんじゃないかな。そして今でもその射程は延び続けていて、だから今読んでも新鮮なんだね。『掌の小説』はどれもこの長さだとオチがあってもなくても、ある種コントになってしまいがちなわけだけど、川端のはコントではない。コントはフランス文学にいっぱいあるし、日本にもいわゆるショートショートはあるけれど、それとは全然違う。

小川　そうですね。「ああ、こういうアイディアで書いたのか」というのがない。モノがスタートだとしても、あるいはオシラ様伝説があったにしても、「あ、いいこと思いついた」というような、そのアイディアから書き始めたラッキーな感じがないんです。「ああ、この人こんな出会いがあって、いい小説の種を拾ったな」と思えるような、そういう書き方ではないんですよね。

佐伯　むしろ視覚的なもので、不思議なイメージとかグロテスクなイメージに出会ったときに書けるという感じかな。でもそのグロテスクもシュールレアリスムの「変さ」ではないね。

小川　そこにあるモノを見たまま書いたら、実はグロテスクだったという感じでしょうか。

佐伯　だから川端は普通の美の具現者ではないと思うんですよ。『雪国』の中に「空と山は調和などしていない」という一節があるんだけど、美しさというのは調和しているところだけにあるわけじゃないんですね。川端はそういう「不調和の美」をどんなモノにも見取っていて、それを描いたんだと思う。グロテスクな美っていうことでいったら『みずうみ』なんかすごいですよ。

小川 「屋上の金魚」にも、まさにグロテスクな美、という言葉がぴったりの場面があります。母親が金魚を口いっぱいに頰ばって、尾が舌のように口からべろりと下がっていた。だいたい、金魚を捕まえてそんなことを想像できるとは、信じられません。

佐伯 この『掌の小説』の緒編がいくつかまとめられて、昭和五年に二度目に本として出版された時……『僕の標本室』だったかな。そういうタイトルで単行本になったんだけれど……小川さんもよく標本が好きだとお書きになっていますが、この『掌の小説』の中の一つ一つの作品が、まるで標本を見ているようなところもありますね。それはたとえば標本で蝶の翅を子細に見ると、実際はすごくグロテスクだったりしますよね。そういうものに繫がるような。

小川 まさに、おっしゃるとおりです。一つ一つ小さな箱におさめられたものを見つめ、焦点を絞ってゆくと、ある瞬間、思いがけない反転が起こる。それとももう一つのパターンとして、佐伯さんが上げられている「心中」にしても、私が上げた「金糸雀（カナリア）」にしても、別れた男と女が綺麗に別れきれずに、その最後の迎え方が本当にグロテスクなんです。実際は別れてしまっているんだけど、さらにその上に、最後トドメを差すような別れがもう一回ある。

佐伯　普通の別れは別れじゃないんだね。もっと決定的な何かがあってほんとうの別れとなる。

小川　そこを描く、執念深さには恐ろしいものがあります。

佐伯　確かにそう言われて見ると「心中」と「金糸雀（カナリア）」は繋がるな。

小川　「心中」はチェックはしていたんですが、前回の佐伯さんの解釈を聞いて、深みに引きずり込まれる感じがしてきました。

佐伯　僕も読むたびにわからなくなるんだなあ。これをゼミの学生に読ませるとみんな唖然とするね。なんか見たことのないものを見たっていう感じになる。

小川　そう。唖然とするんです。言葉を奪われるというか。この男女の別れを最後の最後まで執念深く追い続けるのは、やはり初代さんとのことが原因なんでしょうね。佐伯さんが的確な言葉で表現されていましたが、戒律を遵守してたんでしょうね。（P141・参照）

佐伯　死ぬまで、ということだろうなあ。だから初代さんからの手紙も、自分の出さなかった手紙まで、身を律するために机に入れていたんだろうね。

小川 愛すると不幸になるんだ、それは死後も続くんだということが染み込んじゃったんでしょうね。ほぼ初恋みたいな相手との結末があんな形になってしまったために。

佐伯 愛は自分も相手も不幸にしてしまうっていうことかな。

小川 男と女が普通に出会って真正面から向き合ってお互い熱烈に愛し合うような小説がほとんどないですね。

佐伯 そうですね。

小川 『雪国』にしたって島村の存在感があまりにも薄くって、ほとんど透明。だから普通なら駒子と浮気をしているわけだから、もっと官能的だったり背徳的だったりしてもいいんだけど、そこはわざと描いてない。

佐伯 だから表面的には男に都合がいい書き方をしているというところがあって、それがフェミニストたちに嫌われる理由のひとつなんだろうね。駒子の方が自分からちゃんと愛そうというふうになったところで終わっちゃうんだから。男女がちゃんと出会って恋をして、というのとは全然違う。

小川 だからこそ一層、「日向」を読むと、こういう初々しい幸福の時間もあったんだろうなと思って、余計に悲しくなっちゃうんだけど。

佐伯　初代さんとも、じーっと見る癖も「ああ、そういうことだったんだ」ってわかりあって。

小川　それで、ああそうか、自分は目が見えないおじいさんと一緒に住んでいたから人の顔を見る癖がついたのだ、卑しい心の名残ではない、と自分でも納得できて安心するんですね。「娘と祖父の記憶とを連れて、砂浜の日向へ出てみたくなった」……この時が絶頂期だったんでしょう。

佐伯　そういえば、これと「雨傘」が感じが似てるかな。

小川　ああ「雨傘」もいいですよねえ。二人で一緒に写真を撮る話です。

佐伯　着物の袖越しにお互いを感じるんですね。

小川　触れるか触れないかぐらい……うぶですよねえ。若い娘が、彼の傘を自分の傘みたいにしているのに気付いて、はっと思っちゃうところとか。言ってみればありきたりの初恋の清らかな思い出も、川端はちゃんと持っている。だから、人を愛するっていうことをちゃんと経験はしている。

佐伯　ほんとこれはいいなあ。傘についてのただこれだけのことで終わっていて。

小川　それだけのことで、でも嬉しいっていうのが清らかですね。

佐伯 これはグロテスクとはまた違うんだよね。だから川端の中には、小川さんが上げたのは女性の持っているある種のグロテスクな野生的な感じもあれば、僕の上げたものの中にある男の側からの戸惑いなんかもあるし、やはり川端はどこか両性具有なんだね。男女の差もなければ年齢の差もないようなボーダレスな感じがあって、だから川端には老人でありながら中身は死ぬまで少年だったという妙なところがありますね。

小川 そうですね。それにつけても繰り返しになりますが、初代さんとの体験が余りにも決定的だった故なのかと思います。もし「非常」のことが起こらなければ結婚は成り立っていたのでしょうか。当時からしてもカフェの女給さんと結婚するのは、かなりの抵抗があったかもしれないし、まあでも川端の方にはうるさく言うような身内もいなかったわけだから……。

佐伯 それはどうだろう。やっぱり川端の方は、当初は夫婦になっても子供のような関係の男女でいたい、というような願望があったんだと思う。それで初代さんに対してもおそらく肉体関係を求めたようなところはなかったのかもしれない。それが逆に養父に犯されるという「非常」が川端にとっては悲劇的だったということは十分想像できますね。そしてそれが殊更に後を引くようなことになっていたんだろうし。

川端が結婚した秀子夫人とは、いつ結婚したかわからないような結婚だったみたいですね。川端の書いたものを読んだりすると、奥さんはさばけた感じのかただったみたいなので、結婚するということは他人に見せられないような姿も見せなくちゃいけないわけだから、夫婦で一緒におはじきをしたい、というような川端の願望も叶えられたのかもしれませんね。

初代さんは初婚の相手が亡くなって再婚したときに、前夫との間にできた子どもを川端家の養女にもらってもらいたいと申し出たけれど断られた、というようなことが川端夫人の手記に出ているので、初代さんとも彼女が十五、六のときの思い出だけではなくて、その後も付き合いはあったわけですね。その距離感も不思議でね、やっぱり一生引きずったというのも、そういうところにあるのかな。

小川 別れたまま一生会わなかったわけではないのですからね。

佐伯 だからなおさら逆に、つまり処女と童貞で出会った時期のことが、ある種文学的な結晶となって残ってしまったのかもしれませんね。

小川 彼の中に、もう誰からも侵し難いものとして残ったんでしょうね。

佐伯 その結晶は工芸品のようなもので、それを一生かけて、ああでもないこうでもないと磨き続けた姿というのが、この『掌の小説』にいちばんよく出ているんじゃないかな。

それと小川さんが上げた作品に顕著な女性の野性的な面。そこに遭遇してむしろ男の側が戸惑ったりたじろいだりする、というようなところが最もよく出ているのが「化粧」ですね。川端が上野の桜木町の谷中霊園のそばに住んでいた頃のことで、家のトイレから霊園のトイレがよく見えるんだけれど、そこで女性が一人泣いている。と思ったら鏡に向かってにーっと笑う、それがとても謎の微笑であるっていう話。これなんかは男が女性のある種ミステリアスなところにたじろぐ姿が典型的に出ているんじゃないかな。まあ川端にしてはちょっとグロテスクさが足りないようにも思えるけれど。

小川 たとえば「濃い口紅を引くところを見たりすると、屍を舐める血の唇を見たように、私はぎょっと身を縮める。」のようなところには川端独特の視点を感じます。あそこで泣いている女の子がまた十七、八の娘なんですよね。まだ世間知らずの少女。でもこれはどういうことなんでしょうかね。表立って泣けない立場の娘なのか、隠れて泣きにきて、涙を拭いて一回笑顔を作って涙を引っ込めて出ていったということなのか。何か複雑な事情がありそうですね。

佐伯　「私の家の厠の窓は谷中の斎場の厠と向かい合っている」っていぅ冒頭の一行。これでもうあちらの世界との境界に住んでいたということを表していると思う。

小川　魔界の入り口ですね。そしてその二つの厠の間の空地にお葬式のお花が捨てられていて、それが枯れてだんだん腐っていくのが窓から見える。ちょっとエッセイ風に書かれてありながら、やはり一筋縄ではいかない眼力があります。

佐伯　それにまた描写が具体的だよね。

小川　場所の位置関係とか、見えているものとか、女の子の仕草とか……やはり川端は「見る人」ですね。

佐伯　これは吉村昭さんが川端の代表作として挙げたいくらいの傑作だと評していますね。太宰だったら厠の窓から見るのは富士山なわけだけど（「富嶽百景」）、こっちは。（笑）

小川　いやあ、でも川端にはちょっと見られたくないですね、女性の立場からすると。

佐伯　そしてこの中にあるのは「白菊の花にカナリヤがじっととまっている」んですよね。

小川　そう、そしてその弔いの花が腐っていくんですよね。「それらの弔いの花々が腐ってゆく日々も、厠の窓から見なければならない」と。見たくなくても「見なくてはならない」んです。

佐伯　これと「心中」を学生に読ませたんです。すると男の学生が「この作者は変態だ」と。「便所を覗くな」っていうんですよ。（笑）

小川　でもそういうところが否応なく見えちゃうんでしょうね。作品に使いたいから見ようと思って見るんじゃなくて。

佐伯　「見えてしまった」のが最初だよね。

小川　もしかしたらそんなにくっきり見えたわけじゃなくて、ちらっと人が通ったのがガラス越しに見えたとか、そういうことかもしれませんが。

佐伯　そこから妄想が始まったかもしれない。

小川　でも川端の網膜にはガラス越しだろうがなんだろうが全部見えちゃう。そして、白菊にしてもカナリヤにしても、ごくありふれた単語なのに、川端が書くと、かつて味わったことのない魔力を帯びてくるのが、不思議です。

佐伯　そう。「見る」小説であると同時に、やっぱり「たじろぐ男」の小説なんだな。

小川　そうですね。それで言えば『伊豆の踊子』だって「たじろぐ男」の話です。自分は十六、七だと思っていた少女が裸で平気で手を振っている姿にたじろぐ。それは嬉しい「たじろぎ」なんですけれども。

佐伯　「まだ子供なんだ」っていうところですね。あれも、初代さんとのことがもとにあったらしくて、川端がカフェで目まいがしたので、鏡台のある部屋で寝させてもらっているときに、偶然、初代さんが着替えているのを瞬間的に見て、「こんなに子供だったのか」と驚いたことを踊り子に重ね合わせていると川西政明氏が書いていたな。その前に、川島至氏も、『伊豆の踊子』に初代が重なるという説を唱えていたけれども。

小川　川端は、成熟するちょっと手前の、女性の人生の中の本当に短い一瞬みたいなものに対する憧れがとても強いんですね。そして自分と対等に口をきけるようになると、こっちは鏡になっちゃう。

佐伯　そうだなあ。小川さんが上げてた「バッタと鈴虫」なんかも確かに……。

小川　あれだってやっぱりまだ子供ですよね。子供の女の子の胸に提灯の灯りが映って、男の子の名前がそこに映し出される。あれと近いことを川端は実際に見たり、あるいは体験したりしたのかもしれませんが、あそこに官能を感じ取れる感性が鋭い。普通だったらただそれだけのことで見過ごしてしまうところに。

佐伯　そこに妄想力の強さを感じますね。想像ではない、妄想なんだね。だからシュールといえばシュールな出来事もリアリズムで書けてしまう。

小川　そう。だからどんな奇妙なことでも、こんなことあるわけないっていう気持ちにはならないです。

佐伯　そこがまた不思議なんだな。「これはただの妄想だろう」では片づけられない。

小川　それでは済ませられないんですね。それがやっぱり川端の言葉の力で、読者をその世界にちゃんと引き摺り込んでしまう。

「長編型」と「短篇型」

佐伯　「隣人」で鳶が卵焼きを食べさせてもらうという場面。

小川　新婚の夫婦が鎌倉に家を借りる。その大家さん夫婦が、朝、二羽の鳶と一緒に食卓を囲んでいる。卵焼きやハムを、口のなかで小さくして、はしにはさんでやるたび、鳶は翼をちょっと動かす。あれは珍しくユーモアもあって面白いですよね。

佐伯　あれは鷹匠なんかはそうやっているんじゃないだろうか。それも川端は見て知っていたかもしれない。

小川　ああ、そうか。鷹匠にとっては日常のことなんだ。

佐伯　鷹匠にとっては日常なんだけど、あの場面に置き換えると、奇妙な味が出る。

小川　大家の老夫婦が耳が遠いというのがミソなんですね。だからこっちと同じ世界にいるんだかどうだかわからない。二人がちょっとズレた世界にいて、なんだか鳶が子どもみたいになっちゃっている。

佐伯　常にそうですね。ズレた世界。それが「不死」の場合では木を平気で通り抜けられる、なんて、笑っちゃうけどありうるって思わせる力がある。前に富岡幸一郎さんと対談した時に富岡さんが言っていたんだけど、川端さんは常に小さい手帳を持ち歩いていて、よく観察しては、それをメモに引き起こしていたというんだ。まあタネ本みたいなもんだよね。だから『みずうみ』だったら側溝の中ですみれを口に入れるとか、犬の耳に赤い糸を縫い付けるとか、ああいうのはメモしていたんじゃないかな。最初は写生だったものが川端の独特の眼差しでデフォルメされて、異様のものに変換されたそれらがまとまったのがこの『掌の小説』で、そしてこれが川端の代表作じゃないかなとまで思う。

小川　でもこれだけ掌編小説のネタを持っているんだったら、それらを使ってもっと大長編も書けたんじゃないでしょうか。けれど結局、大長編と呼ばれる作品は書かなかったですよね。前回、谷崎と川端の対比で、長編小説型と短篇型の作家の違いの話があったと思うんですが、この『掌の小説』こそが長編のネタ帳と言ってもいいくらいです。最近谷崎の『台所太平記』を読み直しているんですが、谷崎は『細雪』みたいに長編を正面玄関から書く作家でもあるんだけど、勝手口から書くこともできる人だなあ、と思ったんですね。その『台所太平記』では自分のところで働いている女中さんがどんな人でどんな癖があって、どんなおかずを作って、というようなことを実に細かく書いています。家長として自分の家の台所事情をちゃんと把握しているんです。でも川端にはそれはない。

佐伯 ないですよ。そういう経済観念みたいなものはない。

小川 川端は多分、台所で何が行われているかなんてことには興味がない人だったんじゃないかな、と思いました。

佐伯 そう、谷崎は家長だったんだな。

小川 そういう谷崎の家長としての責任感の強さは、女性から見るとちょっと立派だとは思いますね。奥さんの姉妹から連れ子からみんなちゃんと世話して、実の娘のこともちゃんと忘れずにケアして、そしてお手伝いさんを何人も雇って。まあそうやって女の人がいっぱい周りにいるのが好きなんでしょうね。ガヤガヤしているのが好きな人。でも川端は絶対一人じゃないと書けないでしょう？　そこが違う。だからあちこち旅館を転々として書いていたんでしょうか。

佐伯　川端が家庭を書いた小説といえば、やっぱり『山の音』かな。でもあれは実質的には崩壊しているような家庭だからね。戦争体験も色濃くあって。そこで主人公は家長たらんとしているわけだけど、息子の嫁の方に心を傾けていっているわけだから、やっぱりあれは家長ではないよね。言ってみれば、家長ではあり得ない戦後の家族の姿の方を書いているんじゃないだろうか。

小川　あの主人公もまた、奥さんのお姉さんに最初惚れていたんです。そしてそのお姉さんとは結ばれなかった過去をずっと引きずっている。そしてやっぱりここにも川端特有の執念深さが出ていて、まず奥さんの影が薄いんです。それはもちろんお嫁さんの方に気が行っているということもありますけれども、それ以前に奥さんのお姉さんのイメージがずっと取り憑いている。そしてお姉さんのイメージも少女の頃のままなんです。昔のお姉さんが「縋りつきたいように恋しい」と。自分は六十三歳になっても二十代で死んだお姉さんはやはり年上なんだという風にずっと思い続けて、だから菊子さんというお嫁さんはむしろその身代わりみたいな役を背負わされて、気の毒でもあるんですけどね。

佐伯　『山の音』は家庭の姿を意外ときっちり描いているけれども、その中で起こっている内的な出来事っていうのはけっこう『みずうみ』と表裏一体だったりするんですね。表向きは家族小説として読めるところはあるけれど。『山の音』で細部として面白いのは、主人公の婚礼の時に栗の実が落ちて谷川に転がっていくのを見て、それを自分は見ていたけど、妻の方は見ていなくて、あれを一緒に見ていたら結婚はうまくいっていたんじゃないかと思うところ。あれは上手いと思う。それを一緒に見ていたら、結婚してからも「あの栗の実が転がっていたのは面白かったよね」っていう他愛もない話が一緒にできて、夫婦であり続けられる、それがないことが、不幸な結婚の始まりじゃないかっていう。そういうことって、ありますよね。

小川　そこ、具体的ですよね。抽象的に、奥さんがもっとこういう人だったら、みたいなことじゃなくて、栗の実が落ちる場面が目に浮かぶ。とても映像的です。

佐伯　『山の音』はそこが印象的で、そういうような細部の作り方が川端の手法だと思いますね。それは例えば『千羽鶴』でも、最初のところで胸の毛を抜くとか。

小川　『千羽鶴』の最初に出てくるところですね。主人公菊治の亡父と、昔愛人関係だった女性が胸の毛を抜いているシーン。まあ黒子もそうですけど、そういう肉体的なものに対する異様な執着がありますね。そうそう、胸に痣があってそこに毛が生えているんだ。それで痣に毛の生えた乳を飲んだ子は何か悪魔の恐ろしさを持っていそうだ、とか、で父も痣を指で摘んでみたりしたんだろうか、痣に噛み付いたことだってあるかもしれない……まあ妄想ですよね。（笑）その膨らませ方がもう。そこで菊治がどういう人間かわかってしまう。でも『千羽鶴』も尻切れとんぼな話で、終わりそうで結局終わらないというか、終わりきれないというか。

佐伯　それをいえば『雪国』だって終わったようで終わっていないような。

小川　そうですよ。葉子さんどうなったんだろう、ってみんな思いますよね。だから川端って小説を終わらせることができない人なんですよね、きっと。

佐伯　小説の完成度とかは全然無視しているところがありますよね。

小川　それを無視して書けるなんて！　小説という形式の中で、何を目指して小説を選んだのか。でも誰もやったことのない新しいことをやってやろうみたいな、そういうあからさまな野心もないですよね。

佐伯　そこはね。解決のつかないようなものをそのまま表現できる手段として小説っていうものを選んだということは言えるかもしれない。

小川　ああ、そうか。だから解決できないものを受け止めてくれるものが小説だから、別に解決させる必要もないんですね。

佐伯　あとはさっき小川さんが言ったように、ちょっとしたすれ違いとか、同じものの中に異世界があったりとか、普通だったら相反する、矛盾するようなものを同時に見ることができる、同時に表現することができる形を「小説」と考えていたんじゃないかな。

『雪国』でやってることだって、鏡の向こう側は「死」の世界で、あれは結局「死の世界」の出来事なんだと考えることもできる。そこは小川さんの『冷めない紅茶』で言えば、あれが死後の世界かどうか、どっちに受け取ってもいいというね。だからそういうものを表しているものが小説なんだ、っていうところはあったんじゃないかな。小説っていうのは、そういう精神性を持っているものと考えていいと。

「負のエネルギー」が作り出すブラックホール

佐伯　新感覚派っていうのは、関東大震災があって、震災後の現実っていうものを捉えるのに今までの文学——明治時代からの自然主義であったり、浪漫主義であったり——そういう文章では描けなくなったから、横光利一の「真昼である。特別急行列車は満員のまま全速力で馳けてゐた。沿線の小駅は石のやうに黙殺された。」みたいな表現が有名だったりするけど、そういう新しい文章表現が出てきて、その中に川端もいたんですね。

川端は関東大震災を千駄木の下宿の二階で受けるんだけど、すぐに上野や浅草に被害状況を見に出かけるんだよね。そして、大火災を目の当たりにしたりして、恐怖や不安よりも生命力をかき立てられる。芥川龍之介も興味本位で出かけて遺体をたくさん見てしまい、それが自殺の原因となったという話もある。だけど、川端は生き生きとした思いで歩いていた、「これで俺は書ける」って思ったんだね。それが川端なんだな。遺体がゴロゴロ転がっている、それを見てかえって元気が出た、というようなことを書いてるんだよ。そして、そういうことをヌケヌケと書ける人なんだな、川端は。それで戦争の後には、今度は原爆が落ちた広島と長崎に行って、それでまた勇気を得て、前回話題にした「凍雲篩雪図」を高額な金を払って買おうと思ったりして、そういうものに会うと、元気が出てくるんだな。(笑)

小川 自分の住んでるこの世界と地続きに死があることを実感した時に「書ける」というエネルギーを得るんでしょうか。普通、遠ざけたり見ないようなふりをしておきたいんだけど、死は手を伸ばせば届く場所にあるじゃないか、という感覚が川端文学の世界を作り上げていくんですね。

それで思い出したんですけど、以前河合隼雄先生がおっしゃっていたことなんですが、うつの人はエネルギーがないんじゃなくて、負のエネルギーがある人なんですって。それになぞらえて言えば、川端康成という人は負のエネルギーで書いた作家かもしれません。死体が転がっているのを見れば、普通言葉を失う状態になるはずが、それで「書ける」と思うんですから。でも十六歳で最後の身内のおじいさんと別れて、結婚しようと思って熱烈に愛した人とも別れて、というふうに、いろいろな別れと死を背負わざるを得なかった人だとすれば、死も別に大騒ぎするものでもないという、ある種達観した心境にないと耐えていけなかったのだろうとも思います。

佐伯　その「負のエネルギー」が作り出すブラックホールを自分の文学空間として、そこにこの世の現実的なものを全部引き摺り込むみたいな、そんな引力がある人だったかもしれませんね。

小川　そうか、そこもまた谷崎と対照的ですよね。好きな人ができたら奪ってでも結婚して、美味しいものをたくさん食べて、という生の塊のような谷崎と。なんでも鱧が大好物で、死ぬ前の最後の誕生日に、ちょうどその頃が季節ということもあって、お椀にいっぱいの鱧をワーっと食べたんですって。その数日後に亡くなるなんてとても思えなかったと、お手伝いさんが証言しているのをテレビで観ました。

佐伯　その谷崎の熱量からすると、やっぱり川端の文学っていうのはひんやりしてるよ。

小川　どんなにグロテスクであっても、それはひんやりとしたグロテスクです。『春琴抄』で佐助が瞳を突き刺すなんていうのを谷崎が書いたら、熱い体温が伝わってきますよね。垂れた血の熱さがこっちまでしたたってくるような。でも川端になると金魚の尾っぽが口から出てヒラヒラしているみたいな描写になって、そこには死体のような冷たさしか感じない。

佐伯 『雪国』でも、最後の火事のシーンでさえ、あそこに熱さはあまり感じないものね。

小川 雪だって溶けてないんじゃないかというイメージがありますね。

佐伯 だから川端の文章には陳腐な形容詞が多いのかもしれない。「美しい」とか「悲しい」とかあれだけたくさん使っていて、しかし浮わつかないっていうのはすごい。

小川 そこには生々しい感情がないからなんでしょうか。

佐伯 古井由吉さんが以前どこかで川端に触れて、「下地が冷たいから、やわらかい表現が凍りつく」と言ってましたね。

小川 骨壷に入れたらカラカラと音がしそうですね、「美しい」という言葉も「清潔」という言葉も。だから普通の作家が書いたら編集者から赤を入れられそうな陳腐な表現が、川端の場合では成立してしまう。

佐伯 そういう事を考えても、谷崎とは本当に対照的だね。

小川 面白いことに、その話をきのう仕事の現場でしていたんです。そこには女性が多かったんですが、もしお手伝いさんに行くならどっちの家がいいかって聞いたら「それは谷崎ですよ！　美味しいもの食べられそうだし」って。（笑）でも先ほど上げた『台所太平記』でも足に対するフェティシズムは隠せなくて、例えばお気に入りのお手伝いさんお初さんは顔は不器量だけど、足の裏がいつも雑巾で拭き立てのようにピカピカしている、なんて書くんですよね。

佐伯　川端だと逆に『千羽鶴』ではわざわざ足袋の汚れを書いている。

小川　そして川端はやっぱり腕です。肩の丸みのことをしょっちゅう書いていますよ。その丸みが白い光を浴びている、とかね。しかも「片腕」に至ってはそれを取り外して持ち歩くという。「片腕」をもう一回読み直してみたんですが、何度再読しても不思議な発見があります。女の腕を自分の腕と取り替えたりしているんですから。

佐伯　不思議だよね。性別も年齢も境がない世界。

小川　それに『眠れる美女』になると、もう半分死の世界に行っているわけですね。ああいう眠ってる美女みたいな女性が川端の理想だったんでしょうね。あるいは処女か。

佐伯　一方では野生的な女性も好きだった。駒子みたいな。

小川　いつも会いたい時に会いに来る、押しの強い感じの女性ですね、駒子は。そういえば「駒」子も「馬」ですよね。だから裸馬に乗ってやってくる「馬美人」の彼女と通ずるところがあったかもしれません。

佐伯　いずれにしてもこの『掌の小説』には川端を解く鍵のようなものがいっぱい詰まってますよね。

小川　でも作家としてこれだけ大量の掌編を書くのは相当なエネルギーの持ち主です。散々根気がないとか、小説を終わらせられない人だとか、長編を書いてないと言っておきながらですけれども。（笑）これも負のエネルギーのなせる業か。

佐伯　夜になって書いている時だけ死の世界に行ってたのかもしれないね、毎晩。だから睡眠薬中毒だったかもしれない。ほんとうに死んでから先は書けないわけだけれど、仮死の視線から書いているっていうことは言えるかな。

小川　究極の彼の願いは死んで書きたいということだったかもしれないです。でも一方で結構社交家でもあったという矛盾をやすやすと受け入れている。

佐伯　そこまで行っちゃうと、生きていようが死んでいようが、もうどうでもいいっていうことじゃないかな。人も選ばないし。

小川　そうか、だから生きている人間との関わりにあまり重きをおかなかったのかもしれませんね。一人になって死者と対話している時の方が本当の自分だったのかもしれない。

佐伯　究極的なところはそういうことかな。

小川　また、孤児として生まれて、寂しがり屋の面もあったんでしょうね。

佐伯　少年愛を書いた『少年』という作品でもそういう寂しがり屋のところを書いている。そしてその後は、結婚して夫婦で子供のように一緒におはじきをしたいっていう。（笑）

小川　それ、ふつう成熟した男の人が思いますか？

佐伯　そういう時間を子供の時に持てなかったという強い思いがあるんだろうね。その自分に無いものを求める欲求が、独特のエロスの表現を生んだ。

小川　ああ、本当はお母さんとやりたかったのかなあ。あの『少年』も、同性愛というよりはもっと母性的な「ぬくもり」のような、体温みたいなものを求めている感じがします。

佐伯　性的にどうこうっていうよりも、一緒に布団に入ってどうでもいい話をしたい、みたいな。

小川　そう、人肌が恋しい、というのに近いんですかね。

佐伯　これも前に古井さんが言っていたけど、荷風にしても谷崎にしても、セックス好きで女嫌いっていうところがある。それでいうと、川端はセックスはどうでもいいけど女の人は好きなんだと。まあ極端に言えば人間に対する好奇心が強かったんだろうね。谷崎は不機嫌で有名だから、人間好きとは言えない。いっぽうで吉行淳之介のように文学的なテーマとして性を追求するというところはまるでなくて、女の人と他愛もない、どうでもいいような話をすることが好きだったんじゃないかな。

小川 なるほどねえ。やはり母の愛を知らずに育つと、その欠落を一生背負って生きなくちゃいけないんですねえ。

佐伯 前回もちょっと言ったけど、僕自身川端に惹かれたのは、そういう欠落に関係があったんだね。川端とはちょっと違うけれども。そういうことでいうと、どうだろう。小川さんが川端に惹かれたところというのは。

小川 そうですね。川端のいわゆる「気持ち悪さ」なのかもしれませんね。普通の人と違う目で現実を見て、実はその当たり前の現実がすごくシュールでグロテスクさを隠しているんだというところを見せてくれる。物事を見通してその先まで見ちゃう。普通の人が見たくないものまで見えてしまう。そういうところですね。

佐伯 まあ、全部が全部作家の生活歴みたいなことを持ち出してくる必要はないんだけど、以前、河合隼雄さんとの対談で小川さんがおっしゃっていたと思うんだけど、おじいさんが宗教の関係で近所の人の相談に乗っているところを小さい時から見ていて、そこで自ずと「生と死」みたいなのを感じとっていた、と。そんなようなこととも関係しているんですかね。

小川 祖父は金光教の教会長だったんですが、私は毎日、そこで遊んでいました。教会は、神と人間、あの世とこの世の境界のような場所ですから。その境界を自在に行き来する川端文学に引き寄せられるのかもしれません。それと、川端が描く女の人が体臭がしないというか、官能的ではあるんだけど、男と女が会話をしたり肉体関係を持ったり、真正面に向き合った小説じゃないところが、私は好きなんですね。

佐伯 愛欲を描いているわけじゃないのに、官能的なところかな。

小川 ええ。だからむしろ『眠れる美女』みたいに女の人が何にもできない状態で、男の人はせいぜい触れるくらい。二人の間に言葉が行き交わないんですよね。女性と男性が言葉でやりとりしてどうこうなるという小説は、あんまり惹かれないんです。無言のうちに男と女、人間と人間がすれ違ったり交じり合ったりする世界を、私は書きたいな、と思ってるので、その究極を川端は『眠れる美女』や「片腕」で書いている。もう女の人を片腕だけにしちゃうという究極。言葉もない、ある意味「死の世界」から持ってきたような小説ですね。

佐伯　なるほど、小川さんの文学はそうか。ただ『たんぽぽ』になるとちょっと様相が違う。あそこではヒロインのお母さんが婚約者の男性とずっと対話をしているんですね。そのヒロインをめぐって。

小川　あれはヒロイン本人はずっと病院に入っていて出てこなくて、婚約者とお母さんの二人が延々と喋っているだけの小説です。

佐伯　ちょっと一幕ものの芝居のようなところがある小説。そのヒロインをめぐる対話の中に、お婿さんとお母さんの間の官能性を感じられるところもあるけれど。

小川　あの人体欠視症という不思議な病気。あれも好きになると相手の体が見えなくなる。いわば愛が不幸を呼ぶ形ですね。愛すれば愛するほど相手が見えなくなるということは、もうそこには肉体の絆は生まれなくなる。言葉もそこに成立しなくなるという関係です。でも人体欠視症という架空の病気を思いついた時にはやっぱり手帳に書き留めたんでしょうね。

佐伯　これは小説にできるぞ、ってね。(笑)

『十六歳の日記』について

小川　佐伯さんが今回、取り上げてみたい作品のメモで『十六歳の日記』を入れたのは……。

佐伯　原点だって言えるんじゃないかな。盲目の祖父っていうところ。あとはあのおじいさんのおしっこをとってあげるっていうところね。おしっこをとってあげる音を清水の音として聞くっていうあたりの、まあそういうものにもある種の清冽さを感じるっていうところと、あとは「不浄観」みたいなものかな。川端の中にある不浄観みたいなものが、この十六歳でおじいさんを看取る所に既にもうあるっていうことですね。その不浄観っていうのが『みずうみ』にも出てきていて、不浄なものを見据えることで、聖的なもの、清らかなものが立ち現れるっていう。その辺りの原点がこの『十六歳の日記』にあるのかなあ、っていう気がしますね。

小川　『十六歳の日記』の中で、おじいさんが喋る時に「死人の口から出そうな勢いのない声だ。」というのがあって、だからこの人は子どもの時から死人と生きてたんだと思いましたね。それがもう今までの話と全部繋がるんです。

佐伯 しかし、十六歳でたった一人で看取るっていうのはやっぱり残酷な体験だよね。

小川 そうですよ。で、またおじいさんが大隈重信に会いたがるっていうのはなんでしょうね。謎ですね。意識がもう半分混濁してるのか。でも関西弁が出てくるとまたいい味わいがありますね。

佐伯 そうそう。この関西弁は効いてるなあ。でもこのおじいさんは、川端が帰ってくるのをずっと待っているんだもんなあ。

小川 だから愛情はあるんです。環境がちょっと気の毒すぎるんだけど、愛がないわけじゃない。

佐伯 おじいさんにおしっこさせるために、夜中に何回も起きたりするんだからね。

小川 今回、『十六歳の日記』を再読して、けっこう長い作品だという記憶があったんですが、意外とあっという間に終わっちゃうんですよね。でも最後に「私はおぼろげながら死者の叡智と慈愛とを信じていたから。」という一行があって、佐伯さんがおっしゃるとおり、死の予感がもたらす不浄の奥からにじみ出てくる、清冽さ、聖的恵みを、主人公はちゃんと受け取っていると感じました。

佐伯　あと小さい時から寝る前に合掌して眠りにつく、というようなところ。『掌の小説』の中にも「合掌」があるけど、合掌して寝床に入ったらもう死の世界なんだな。「合掌」では最後のところがすごいね。「――私は死んじゃってるんですわね。思い出しますわ。お嫁に来た晩にはね、あなたが私を死んだ人にするように手を合わせて拝んでいらっしゃいましたわね。あの時に私は死んじゃったんですわね。」「もうどこへも行きませんわ。ごめんなさいね。」相手にこう言わせておいて、そして最後の最後に、「しかし、彼はこの時、自分の力をためすために、世の中のあらゆる女と夫婦の交わりを結んで彼女等を合掌したい欲望を感じた」と。

小川　花嫁さんは布団に沈み込んで、頭だけが枕に乗って盛り上がっている。まるで死んでるみたいです。川端はそういう想像の仕方をするんですよね。「まるで死んだ人にするようなことをなすって」と彼女はいう。だから「寝る」ことが「死ぬ」ことだった。合掌するだけで、自分も相手も、すーっと死の世界に移動できる。川端は毎晩死んでたんだなあ。佐伯さんは寝付きはいい方なんですか？

佐伯　まあ、いいですね。ひと頃は導眠剤がないと寝れないようなうつっぽい時があったんですけど。今はもう寝付きはすこぶる良くて、薬を飲まなくてもね。小川さんは？

小川 私もよく寝られる方なんです。

佐伯 小説を書くには寝るのがいちばんっていう感じかなあ。そうそう、そう言えば川端の有名な言葉で、「……私が第一行を起すのは、絶体絶命のあきらめの果てである」というのがありましたね。僕なんかもやっぱりそうで……小川さんはどうですか？

小川 それはわかりますね。私もそうですから。ある種諦めがないとね。

佐伯 最初の書き出しまでが苦労するかな。うちの連れ合いなんか、「やっぱり書き出しが浮かばないから今月は連載を落とすかも」と僕から聞くと、「あ、落とすっていう宣言が出たから、これで今月はもう大丈夫」って言いますね。（笑）それで安心したと。

小川 もう見抜かれてますねえ。（笑）

佐伯 川端は締切なんかは全然守らなかったらしいね。「新潮」の坂本さんから聞いた事があるけれど、校了の前日くらいになっても、「書きますよ」って全然動じなかったみたいですね。

小川 焦ったり慌てるところが想像できない人ですよね。

佐伯 それで落とす時もあったし、入る事もあったって言ってたね。あと、伊吹和子さんという中央公論社の編集者で、谷崎も担当して口述筆記を行った人が、晩年の川端の短篇をとる時に、鎌倉のお宅に原稿をとりに行くと、細く開いた雨戸の隙間からすーっと一枚原稿用紙が出てきて、秀子夫人の声で「今日はこれで勘弁してください」と。また次の日に行くと、また雨戸の隙間から一枚。（笑）

小川　その情景を想像するだけで、怖ろしいですね。『掌の小説』の一編に出てきてもおかしくない。細い隙間しか開けないっていうところが、やはりちょっと悪いなという気持ちもあったんでしょうか。顔は合わせられないっていう。

佐伯　だから、普通では現わし得ない、書き得ないことを、新しいリアリズムで、あくまでもリアリズムの表現として書こうとしてそれを詰めて行くと、やっぱりそうやってしか書けないものかもしれないな、とその話を読んだ時に思いましたね。そういう書き方には筆がのるということはないからなあ。それはまあ婦人雑誌とかにも書いてるから、ぐいぐい書いたものもあるとは思うけれども、基本的にこういう路線の作品というものは、そうやってじわじわと書いて行ったんじゃないかなあ。

小川　そうそう、結構婦人雑誌なんかにエンターテインメント寄りと思わせる家庭小説みたいなものも書いているんですね。

佐伯　少女小説も書いてるし……まあそういうものは代作者が書いてたとも言われてい

るけど。

小川 『小公女』を翻訳してるくらいですしね。

グロテスクと新しいリアリズム

小川 川端はまた、結構旅もしてますよね。外国にも行ってるし。

佐伯 もしかしたら飛行機が落ちてほしくて行ってるかもしれないけど。（笑）

小川 旅について面白い事を言っていて、「どこへ行ってもそこから帰る時に郷愁を感じる、自分にはどこでもが故郷になってしまうのだ」と。（『川端康成伝　双面の人』小谷野敦）だから故郷がない、両親がいなくて転々とした過去があって、どこに行って帰ってきても、故郷に帰ってきたみたいな気持ちになれる。それを感じたくて色々旅行をしたのかもしれません。

佐伯 なるほどそうか。僕なんかも海外に飛行機で行く時なんかは「ここまでは編集者の催促もこない」と。いちばん落ち着ける場所ではある。（笑）まあ言ってみれば飛行機の中は異界ですからね。特に飛行時間が十時間を超えるぐらいになると、あの時差がちょっと非現実感を持ってくる。飛んでる時の時間っていうのは、なんなんだろうって思うよね。下で生活している人にとっては生活時間なんだけど、飛んでいる人は日本を発った時の時間と行き先に着く時間のちょうど中間な訳だから。まあどこにも属さない時間というか。それはちょっと不思議な感じですよね。

小川 エッセイ「パリ郷愁」の中には、こんな文章があります。「飛行機の中は天国です。」「放心していられます。」「これほど全くのひとりは、地上にはないかと思われます。自分の意志を捨てた、最大の不自由が、私を最大の自由へ解放します。」

佐伯 一種臨死体験に近いような。だから飛行機が落ちて死ぬのがいちばんの理想だったのかもしれない。

まあだから、この中で一つ言えるのは、関東大震災のグロテスクな現実を見て、それをリアリズムで書く。あとは戦後であれば広島長崎のそういうものがあって人間が一瞬にして蒸発して消え去ってしまうような、人間が蒸発した跡みたいなね。そういうものを書くのにやっぱり新しいリアリズムが必要になって、でもそれは第一次戦後派のようなものを書くのでもないし、川端だけが『みずうみ』みたいなグロテスクの極みのような作品の中で、成功しているか否かは別にして、そういう底のなさみたいなものを書き得たということは確かだろうな。
　それとグロテスクということで一つだけ付け加えるとすると、例えば北條民雄の『いのちの初夜』のような小説を見出しえたっていうのは、やっぱり川端ならではというところはあるんだね。ハンセン病についても、他の作家は手紙をもらってもこわがって消毒しないと読めないみたいな中で、川端だけは違っていたみたいですね。あの『いのちの初夜』っていうのも、川端的なある種のグロテスクな美しさがある。

小川　ハンセン病への偏見にとらわれない。あるいは、『みずうみ』はストーカー小説ですよね。だからこの人、ヤングケアラーでもあり、ストーカーであり、結構現代を先取りしているところはありますね。

佐伯　『眠れる美女』だって現代の風俗産業みたいなところがあるし。
　小川さんが新潮文庫の『掌の小説』に書いている解説のタイトル「引き返せない迷路」（P146・参照）っていうのは、言い得て妙だな、と思いますね。グロテスクでありながらありありと思い浮かぶっていう世界だね。小川さんは「迷路」と書いたけど、僕の感じだと次々とある「標本」みたいな、それをめくっていくようなね。

小川　そうですね。閉じ込められた感じですよね。一個一個。佐伯さんはこういう掌編小説を書かれた事はありますか？

佐伯　『少年詩篇』というので書いたんだけど、まあそれは幼少期のことを書いたので、ちょっとノスタルジックな感じにはなっちゃうけれど。どっちかというとルナールの『博物誌』あたりを意識して書いたものなんですけど。でもあれはちょっとコントになっちゃってるところもある。こういう変なものはないです。

小川　要請はないですよね。「掌編を書いてください」っていうのはあまり。文芸誌の方からは。掌編小説っていうと、エンターテインメントというか、星新一のショートショートの方にジャンルが固まっているんですかね。

佐伯　でも星新一も川端の「心中」を読んで眠れなくなるくらいショックを受けたと言ってますからね。まあだからここからはどっちにも行ける、そういう意味でもサンプル、「標本」でもありますね。

小川　文芸評論家の人にとっては重要な一冊ですよね。

佐伯　結構力を入れて書いていると思うなあ。

小川　もうこれが川端の最高傑作って言ってもいいんじゃないですか。

佐伯　そんな気もしてきましたね。

小川 いちばん川端が川端らしさを発揮できるのはこの形態じゃないかな、という気がします。もしかしてご本人はそれはいやかもしれませんが。

佐伯 まあ、自分ではこれは読み返すのもいやだって言っているけど。川端の場合は相矛盾しているところがあって、そういうふうに強い口調で言っているっていうことは、逆に愛着がある証拠でもあるんじゃないかな。

（二〇二二年六月二十六日　神戸にて）

対話Ⅲ　世界はまだ本当の川端康成を知らない

『雪国抄』
（日本名作自選文学館
1972 年、ほるぷ出版）

雪國

國境の長いとんねるを
抜けると雪國であつた。
夜の底が白くなつた。信
號所に汽車が止まつた。
向側の座席から娘が立つて

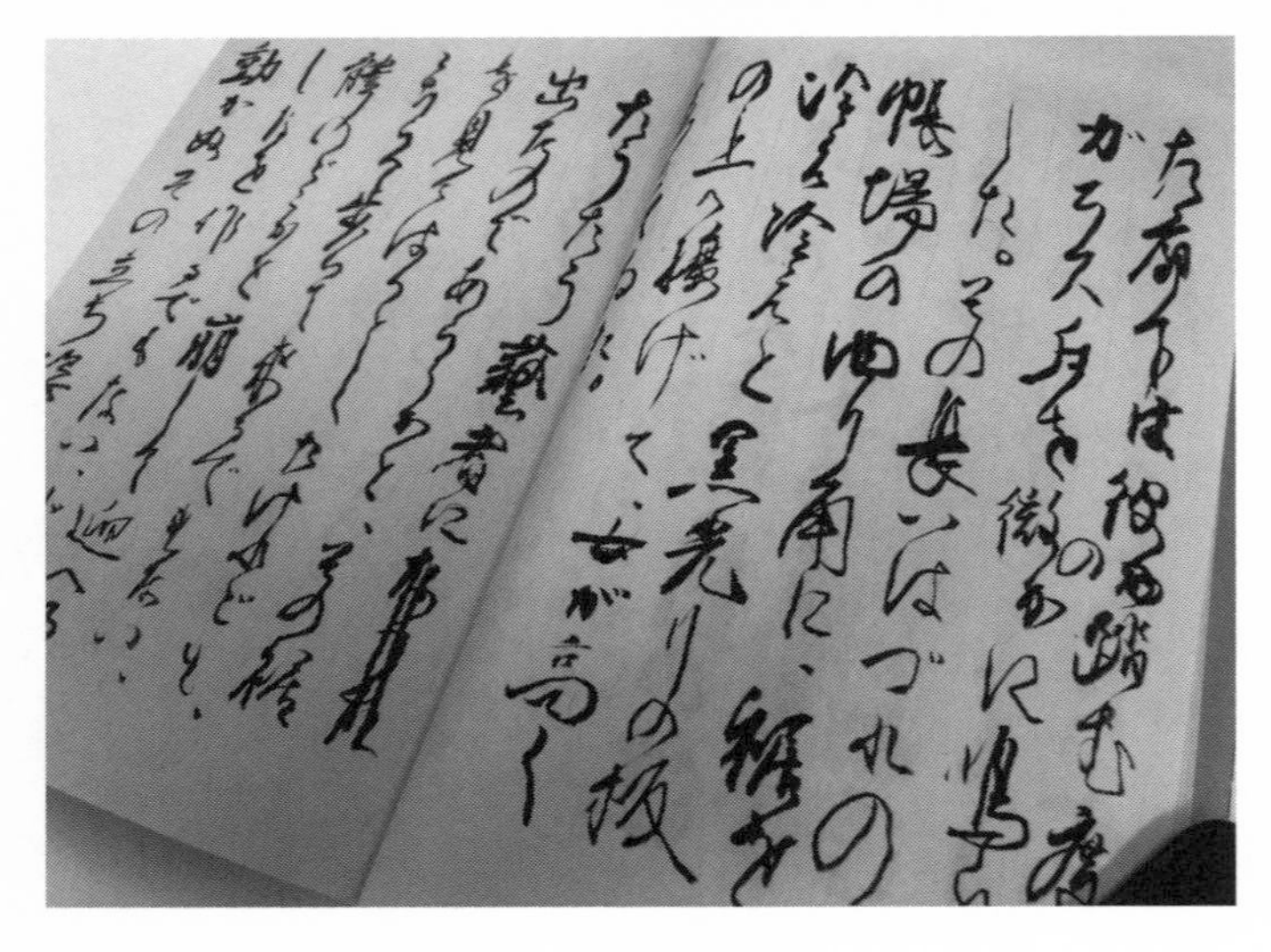

『雪国抄』が語りかけてくるもの

佐伯　これが『雪国抄』なんだけど、こうやって写しながら自分の色んな書体を楽しんでいるっていう感じもあるね。三島由紀夫が言っていた事だけど、川端は結局自分の文体を持たなかった作家だったと。そう言われてみれば、作品ごとに文章が違うっていえば違うかな。川端という作家は作品ごとに一つの文体を作っていた作家なんだと思いますね。だから「文体の魔術師」とかいう言われ方もあったりしたわけで、川端の文章みたいなイメージがあるかもしれないけど、自分の文体をまとめようという、そういう意識はなかった人だな。

小川　確かにそうですね。だから自分の文体を見せる目的で小説を使っていない。そこが三島と違うところかも知れません。

佐伯　三島には「文体の完成」というような意識があって、たとえばギリシア彫刻のように文章もちゃんと構築して、というところがあるけれど、川端の場合は文体に対するそういう作者の構えとか、意識というようなことも、なし崩しにない、っていう感じなんじゃないかな。

小川　なくて構わない、っていう感じでしょうか。そこが虚無的だと言われることにちょっと通じてくるかもしれません。

佐伯　川端がノーベル賞を受賞したときの講演「美しい日本の私」の最後のところで、自分の文学は虚無的だと言われるけれど、でも西欧風のニヒリズムとは違うって言っていますね。

小川　そう。西洋風の虚無ではなく、むしろその逆だと言っています。「万有が自在に通う空」。「無蓋、無辺無尽蔵の心の宇宙」という言い方をしてて、仏教的な捉え方と言えるのでしょうか。

佐伯　『たんぽぽ』に出てくる「仏界入り易く、魔界入り難し」というのは一休の言葉だから、川端は禅宗からの影響も当然受けているだろうけれど、禅宗だと「自力」ですね。「他力」の浄土真宗とは違って。ただその中にあって川端の自力はちょっと独特なんだね。自分で何かを作り出すというのではなくて、生み出すのは「空」であって、何もないところ。それはある種のブラックホールなんだね、川端がやってきたということは。

小川　自分の力で無を作るという、ものすごく矛盾したことを作品でやったんですね。

佐伯　小川さんが最初に川端に出会ったという作品、「片腕」なども、あれは片腕だからいいわけで、全身を愛してしまえば、やはり相手を蹂躙してしまうという川端のオブセッションに関わってくる。そこでまた初代さんの問題に帰ってしまうんだけれど、他者と関係を持つこととか、とりわけ恋愛をするということになると、ある種相手を蹂躙せざるを得ない。と同時に自己愛を満たす行為であったりもするわけだよね。それが初代さんの一件があって、川端は人を愛することの不可能性を知ってしまった。だから、全体ではなくて「片腕」を愛することは相手を蹂躙しないですむし、また「人体欠視症」のようなカラクリを作り出したりして、手を変え品を変えやってきたんじゃないだろうか。

小川　それの繰り返しですね。どうやったら全身全霊で相手を受け止めなくて済むか、工夫している。眠っているとか、半死の状態にあるとか。あるいは本当に愛している人は死んでいて、その妹と結婚しているとか。真実の愛はもう自分の手元にもないしそれを再び求めようともしない。この人でダメだったから、じゃあ次は別の誰かっていうふうに、普通はそれを求め続けて苦悩が続くんだけど、もうその苦悩を味わいたくないということでしょうか。

佐伯　現実にそれを獲得してしまったら、もうそれは違うものなんだっていう、絶対獲得しない、絶対成就しない愛、みたいなことだろうなあ。

小川　そうですね。絶対成就しない……。

佐伯　川端の中では成就しているかもしれないんだけど、世間的には……。

小川　ああ、そうですね。だってこんなに駒子さんが慕ってくれているんだけど、島村の方はそれを喜んだり嬉しがったりはしゃいだりっていうことはないですよね。このひと時家庭から離れてこの雪に埋もれた旅館で駒子の愛に溺れようとするような態度はないですよね。

佐伯　徒労だね、と。徒労の共有は生まれているんだろうけど。不思議だなあ。なんなんだろうね、生まれてきてないんじゃないか、この人はっていう気がするぐらい。

小川　それはものすごい発想ですね。しかし川端の場合、それがあながち絵空事ではなく、もしかしたらと思わせるリアリティを持っているから怖いんです。文体がないということとも関係するかもしれませんが、その小説が一人称で書いてあるか三人称で書いてあるかが、川端の場合あまり気にならないんです。それが「僕」であろうが「島村」であろうが読者には影響ないみたいな印象があるんです。

佐伯　「私は彼」であり「彼は私」、あるいは「彼女は私」であり「私は彼女」というようなね。またそれは人間だけではない。ノーベル賞受賞講演で「月を友とする」と言っているけれど、「月が自分でもある」というように自他の区別もないんです。なし崩し的に。そこも西洋哲学的な「我と他」みたいに分けるんじゃなくて、なんか両方ともなし崩し的に、曖昧で無定形な広がりがある。

小川　理論的に辿り着いた境地じゃなくて、気がついたらそうなっていたという感じです。だから本人も説明がつかない。『伊豆の踊子』にしても、あの少女が十七、八であれば成り立たないところが、「まだ子供じゃないか」という部分で成り立つ。自らがもがいてそう仕向けた訳ではなく、自他の区別もない混とんの中を見つめていたら、ふっと視界に触れてきた。それは構造としては「眠れる美女」とも「片腕」とも繋がっているんですね。

佐伯 まあ処女じゃないとダメなんだから。

小川 だから人形と同じですよね。

佐伯 ただ人形だとフェティッシュになっちゃうけど、そうではないと思うんだよね。谷崎だとフェティッシュにいくけれども、川端のはフェティッシュじゃない……なんでなんだろうな。

小川 フェティッシュに行くと、自分と他が区別される。でも川端は、自己と片腕、自己と少女、自己と眠る娘、すべてにおいて境界があいまいなんです。あの踊り子がまだ子供なんだってわかった時に、主人公はすごく喜ぶんだけれど、その感情をいちばん吐露しているのは、彼女が裸で岩の上に立ってはしゃいでいるのを見た時なんですね。そこで異常に興奮するんですが、でもそれは「幼児愛」とは違う。何か、安心するというか、子どもでいて欲しいという願望なのかな。自分の中に眠る満たされない欠落と踊り子がつながり合う。だから別れる時にあんなに泣いてしまうんでしょうね。あの涙も、短い間だったけれども瞬間的に愛して、その別れを惜しむというのとはちょっと違う。

意味深いラストシーンです。
　佐伯さんは小説を書くときに、一人称で書くか三人称にするか、一人称であれば「俺」にするか「僕」にするか、それが決まらないと絶対に書けないっておっしゃっていたんですよね、以前に。

佐伯　うん。でも今はもうちょっと自在にはなってきたかな。

小川　この小説を語っているのは誰なんだろうっていうことが……。

佐伯　そうだね、かえってそっちの方だね、人称をどうするかっていうよりは。

小川　そこが川端の場合は、これを誰の声で私たちは聞いているのかということがあまり気にならない。『雪国』でもあれは島村の声でもなく、誰の声でもない。

佐伯　前回も話したかもしれないけど、ある種「死の世界」から語っているからということもある。川端の初期のエッセイで「末期の眼」っていうがあるけど、あれは若書きという部分があるにしても、基本的なところはずっと変わらなくて、だんだん「末期の眼」という仰々しい物言いではないにしても、小川さんがおっしゃったような「空」のようなものになっていったんじゃないかな。「虚無」という言葉では表せない何か。たぶん小川さんもそうだと思うけれど、「書く」ということは「書いている自分」を捉えているというところがある。それを「見ている」とまでは言えないかもしれないけれど、ひとりで夜中に書いていたりすると、その背中を見ている存在が何かあるっていう感じかな。それは一人称で書こうと三人称で書こうと。

小川 それを書いているもう一人の存在をちゃんと自分で感じているかどうかですね。

佐伯 その雰囲気を捉えられるかどうか。最初は人称の問題とか意識していたけど、今はその雰囲気が生まれているかどうか、っていうことの方が大事かな。それがないといつまでたっても書けないかな。

川端康成は「小説」を書いていなかった⁉

佐伯 川端の文学の魅力っていうのは、捕まえどころがないところだと思うんです。だから何度でも読み返してしまう。

小川 そうですね。今回改めて読み返してみて、他に似た人は案外いないな、と思ったんです。今、川端的な作家って誰かいるのかというと、思いつかない。唯一無二の人ですよね。スタート時点では横光利一などと一緒に新感覚派で括られもしたけれど、本当いかな。

に孤独な文学です。手を繋いでくれる人が誰もいないというか。だからすごいんじゃな

佐伯　「美しい日本の私」の中で「源氏に始まって源氏で終わり」というようなことを言っていたけれど、川端の小説も川端で終わりだよね。

小川　外国に行ったりするとひとりホテルの部屋で源氏を読んでいるというようなエッセイもありましたね。で、「枕草子」に対してはけっこう厳しい。（笑）そこが面白いですね。「枕草子」よりも「源氏物語」の方が絶対いいと。

佐伯　まあ、最初の頃は「枕草子」の影響も受けたらしいけどね。

小川　今で言うコラムニスト、人気エッセイスト的な位置付けだったんですかね、川端の中では。それよりも紫式部の美意識の方に憧れた。でも源氏は最後まで訳さなかったですよね。

佐伯　戦争中に『湖月抄本』を読んでいたらしいね。大型本だから暗い中でも読むのによかったというようなことをどこかに書いていたけれども、川端自身は、源氏は翻訳ではなくそのまま読んでほしい、原文でこそ味わって欲しいと思っていたようですね。

小川　でも訳して欲しいと思っていた編集者は多かったでしょうね。川端があの究極の

たにせよ。

恋愛小説をどう翻訳するかという期待。自身でああいう大恋愛長編を書くことはなかっ

佐伯　僕は国文学者ではないから、そこまで専門的なことはわからないけれど、川端は源氏物語からいろんなエッセンスを汲み取っていたんじゃないかな。『山の音』でもそうだし、『千羽鶴』にしてもあのおどろおどろしい人間関係には濃厚に源氏物語の感じがありますね。近親相姦的なものがあったりとか。だから川端には自分なりの源氏物語を書いたという意識はあったんじゃないかな。

小川　そうですね。『山の音』では息子の嫁と、妻の姉、『千羽鶴』では、お父さんの愛人という具合に、人間関係がねじれています。

佐伯　お父さんとちょっとでも関わった人と関係を持つというあたりは源氏っぽい。

小川　考えてみれば源氏物語的に女性が散りばめられていますね。

佐伯　ただ『千羽鶴』には茶道が使われているけれど、あれはむしろお茶の世界を批判しているようなところもある小説ですね。その設定を使って源氏物語的なおどろおどろしい世界を作っている。父も母も娘も、みたいな。

小川　全部絡まり合っていますね。

佐伯　あの主人公、一応とりあえずの主人公も太田夫人の娘と関係を持っている時に、太田夫人を抱いているような感覚になっていて、結局それって、個性とか個別なものを突き抜けた何かと関係を持っているような感じですね。そこが本当に源氏的。

あとは『古都』ですね。今回は京都での対談ということもあって、前もって読んできました。（笑）あれは新聞小説っていうこともあるから、若干通俗的なところがあるけれど、双子の姉妹の片方には自分は捨て子だという意識があって、そこにはやはり川端のオブセッションがあるんだね。それから、あの北山杉は水平的な我々の日常を貫く垂直な視線、『みずうみ』での稲妻のように霊界を指し示すようなところがあると思ったな。

小川　染物職人の男が、最初は呉服屋さんに拾われた姉の千恵子を好きになるのに、ある日間違えて妹の苗子さんに声をかけたことから妹の方を好きになる。ここでも川端は、相手と真っ直ぐに向き合って愛するという一対一の関係がどうしても結べない。何かこうくねくねと迂回して交差させたりして、わざと別な方向に持っていっちゃう。

佐伯　『千羽鶴』だったら太田夫人の娘の文子とうまくいきそうになるんだけど、文子が旅に出てしまったりして、結局、続編の『浜千鳥』では千羽鶴の風呂敷を持っていたゆき子と結婚する。

小川　だから本当の感情はどこに向いているんだっていうのを書いてくれないんですね。登場人物がどういう感情を相手に抱いていて、離れがたく思っているという恋愛の根本的なところをすっ飛ばしちゃっている。（笑）

佐伯　もしかすると小説とは言えないかもしれない。本当に全部、小説らしくない小説だよね。

小川　そうなんですよ！　だから『雪国』だってこんな短い小説なんだけれど、十何回もの短篇連作を無理やり積み重ねて作った。最初からひと続きの小説として書いたわけじゃないんですよね。そういうふうにしか書けない体質？（笑）

佐伯　もしかしたら川端は小説を書いてはいなかったのかもしれない。（笑）

小川　また佐伯さんの恐ろしい発言が出ました。紫式部の時代から小説家が延々と書こうとしていた、そしてもがき続けていたところを書かないで小説にしたから、非常に孤高な位置を獲得したとも言えますかね。

佐伯　まあ誤解もあったかもしれないけれど。

小川　でもまあ、源氏の時代だと、女の人が振られても追いかけていくことができなくて、もう仏門に入るしかないわけですね。いってみれば源氏物語って、女性が源氏と関係を持って、ダメになって仏門に入るということの繰り返しですから、そういう意味では川端的だとも言える。死の世界がすぐそこにあって、生々しい肉欲の世界の背中合わせに「死」の気配がある。だから川端が源氏に惹かれるっていうのはわかります。

佐伯　霊も出てくるしね。

小川　そして、小さい女の子を見初めて育てるとか……しかし、そうか、川端は小説を書いていなかったのか。（笑）

佐伯　言葉を変えれば、川端の書いていたものは、いわゆる普通に言われている小説とは全然違う、異形のものだよね。

小川　確かに。にもかかわらずノーベル賞を取ってしまったのか、だからこそノーベル賞を取ったのか、その辺り、翻訳者のサイデンステッカーはどう考えていたんでしょうね。

佐伯　どうだろうな。でもノーベル賞の対象は『古都』と『雪国』とだよね。あとは『黒子の手紙』とか。だからそこには『みずうみ』のような小説は入っていない。もし『みずうみ』が訳されていたらダメだったかもしれないな。（笑）

小川　いやあ、いい小説ですけどね、『みずうみ』。

佐伯　『みずうみ』はいいなあ。
小川　とてつもない小説ですよ。
佐伯　あとの方で自分の好きな川端文学は何か、みたいな話になると思うんだけど、これをいちばんにあげてみたいという気もするね。
小川　『みずうみ』こそ川端にしか書けない小説です。そう、本当に私、『みずうみ』から「水虫」っていう佐伯さんのお話を聞いて、もう。（笑）それは新説ですよ。
佐伯　いや、そういうことは確かにあったと思うんだよね。あと、これは川端文学研究の学会では言われているみたいなんどけど、たとえば『古都』は『竹取物語』と関連があって、千恵子の養父の太吉郎の名前が、竹取翁のアナグラムになっているとか、なんかそういうこともやっているらしい。川端は『竹取物語』の現代語訳をしているんですね。『古都』を書いているときは睡眠薬を常用していたらしいけど、夜な夜な登場人物の名前で遊ぶというようなことで気を紛らわせていた、ということもあるんじゃないかな。やっぱり、あれは手書きの感覚ですよ。
小川　『古都』に関しては川端自身が何を書いたかよく覚えていない、って自分で言ってるんです。眠り薬が書かせたと。だから最初から小説を書こう、新聞連載を書こうという意気込み、こういうことをやってやろうというような欲みたいなものがなさすぎですよね。（笑）もうちょっといいところを見せようと思うのが普通ですよ。何を書いたか覚えていないっていうぐらいの心境で一度書いてみたいとは思いますけど。（笑）新聞連載を引き受けるっていうことは一世一代の仕事でしょう、普通は。

佐伯　あのあと『東京の人』とかいくつか新聞連載もしていたようだけど、それまでは雑誌に断続的に書くというスタイルだった人が新聞連載をすることは辛かっただろうね。

小川　だから『古都』も尻切れとんぼの感じが否めません。苗子さんと千恵子さんの交流がそこで生まれるわけじゃなくて、たった一晩苗子さんが泊まるだけで、もう離れ離れになっちゃうんです。本当に一瞬のすれ違いで終わる。本当ならそこで二人の人生の違いみたいな、もしそこで入れ替わっていたらどうか、とか、あるいは女同士の嫉妬が生まれるとか、色々考えられるじゃないですか、小説的なストーリーは。ところがそういう方向には走らないんです。

佐伯　だからそういう小説を読む楽しみっていうのは、川端の小説は与えてくれないんじゃないかな、それがちょっと不人気になったところでもあるかもしれない。

小川　あらすじだけ聞けば、京都の呉服問屋のお嬢様と北山杉の少女が本当は双子で、祇園祭りの日に出会うなんて、そこからどんなストーリーが展開されるんだろうという期待を抱かせるんだけど、川端自身はその設定を考えただけで、それも新聞小説だから仕方なく設定ぐらいは考えておかないとやばいかなっていうぐらいで考えたのか。(笑)

佐伯　まあ舞台が京都だから祇園祭りは出てくるだろうし、食べ物屋さんとかが出てきたりして、そういうところでは楽しめることは楽しめるかな、川端の小説の中では。あれがノーベル賞の対象作品として評価されたのは、「川端が日本の伝統美を書いた」というような分かりやすさがあったからじゃないかな。映画化も何回かされてるし。

小川　清水寺の場面で始まったりして……もしかしたら海外では誤解されているかもしれないですね。本当の川端のことは。

佐伯　本当の川端の怖さは知らない。(笑)

小川　その怖さがまた谷崎なんかの怖さとちょっと違うんですよね。

佐伯　あえて言えば谷崎の方がわかりやすい怖さかもしれない。

小川　だって眼を突くんですよ、針で。非常にわかりやすい。だけどそこをエンターテインメント的にしない、何か人間の持っているわけのわからない泥沼みたいなものを描き切るっていう恐ろしさではあるんですけど、でも川端のわからなさとはまた違う。

佐伯　「生」の執着と、生への欲望みたいなものは谷崎はそれはそれですごいよね。

小川　執着心が違いますね。執着し尽くしたところから書き始める人と執着を捨て切ったところから書き始める人。やはり正反対なんです。

佐伯　執着っていうものがないよね、川端は。でもそれで小説を書くって大変なことだと思うよ。ふつう何かの執着があるから小説を書くわけだけれど。

小川　何かに縋っているからこそ書けるわけで、虚無しかないところから書くんですから。

『山の音』について。あるいは「純文学」とは何か

佐伯　まあ唯一そういうところが見えやすいのは『山の音』の菊子さんかな。あれが現実的というか、普通の人にもわかるような執着。

小川　息子の嫁に甘やかな気持ちを抱くというメロドラマ的な作りではありません。しかし谷崎的なエロティックな視線というのを菊子さんにはあまり向けてなくて、むしろ息子が戦争の傷を抱えて精神的に病んでいて、お嫁さんの菊子さんがそれに苦しんでいるのに理解を示してあげようという父性的な愛ではあります。

佐伯　それはね。だからあそこでは性的なところは全部夢で自分はこう思っているのかと気づくことで、実際現実的にこうっていうよりは、常に夢の解釈として感じるという。

小川　そう、だから私も『山の音』を読み始めた時に、最初に菊子さんのワンピースが干してあるシーンが出てきて……。

佐伯　それも洗濯したんじゃなくて、着ていたものの汗を乾かすという、あそこはちょっとドキッとした。

小川　これはいくぞーと。(笑) でもそこまでなんですよね。川端が書くのは。ただそのワンピースを描写しているだけなんですけど、こっちをゾワゾワさせるところはさすがですね。でもそのワンピースを剝ぎ取るみたいなところには絶対に行かない。

佐伯　あとは能面。あの場面ね。

小川　そうそう、そこにはお面が必要なんですね。二人が触れ合うためには。信吾は菊子に慈童の面を見せる。菊子はそれを顔に当てて泣くんです。信吾はその能面を買った時、思わず接吻しかかったときめきを思い出します。

佐伯　『山の音』がいちばんリアリズムに接近している作品だとは思うんですけどね。
　今回『山の音』を読み返すのに風呂の中で読んでいたんだけど、一章一章が短いからその一つ一つをゆっくり風呂に入るたびに読んでいるとちょうどいい。そうやって一月ぐらいかけてじっくり読んでいたんだけど、川端の小説の文章って、スーって通して読むよりも少しずつ少しずつ読めるんだよね。それが川端を読むときはいちばんいいかなと。そうするとさっきのワンピースみたいな細部がとにかく変なんだ。グロテスクっていうか。

小川　細部の目の付け所がちょっと普通の人じゃない。さり気ない一行にどんな罠が仕掛けられているか、油断ならない。

佐伯　これが小説になるのかな、っていうタイプなんだよね、それも。

小川　もしぼんやり読んでいたら読み過ごしてしまうところかもしれないんですけど、ある一瞬、ハッと冷たい視線で心臓をつかまれる。一行一行、一章一章、おろそかにできない緊張感があります。そこが心地よくもあるのですが。

佐伯　だからやっぱり読む度毎に新しい発見があるんだよね。それが惹きつけられる大きなところじゃないかな。あと、『山の音』は若い時に読んだのと、今読み返すのとはだいぶ違う。なんと言っても『山の音』の信吾が六十二歳だよね。自分が今年七月に誕生日が来て六十三になったんだけど、そうか、俺と同い年かと思うとね。たぶんこれは現代に置き換えたら七十代か八十代くらいだとは思うけど。ただ川端はこれを五十代で書いているんだよね。五十そこそこでこの信吾が書けるっていうのが、これがちょっと驚きではある。

小川　川端って老人を書くのが上手ですよね。おじいさんをずっと見続けてきたからか、老人の気持ちがわかっちゃうんですかね。

佐伯　あと、あの小説を川端に書かせたのは、ある種戦後日本に対する違和感みたいなものだと思う。それが戦後復員してきた息子あたりに現れてはいるんだろうけど。

小川　心の負傷兵である息子の異常さを、また川端は独特な表現で描いています。愛人に無理矢理歌を歌わせる場面。そういうものすごく屈折した意地の悪さみたいなものを、ああいう場面ですごく感じるんです。

佐伯　本当の意味で心理的なサディズムだね。

小川　そしてこれは女性にとってはけっこう残酷だと思うんですが、信吾さんは処女の菊子を愛したかったって言ってるんですよ。

佐伯　そう、だから奥さんのお姉さんの影がそこでも出ていて。

小川　だから菊子さんは何かの身代わりでしかないんです。かわいそうですよ、そんな。

佐伯　小説に出てきた可哀想なヒロインって言ったら、いちばんかもしれない。

小川　息子と結婚する前の菊子を愛したいって。意地の悪い人です。（笑）

佐伯　なんだろうなあ、全部が全部、不可能なことを追求するっていう。

小川　もう言ってもしようがないことに。

佐伯　身も蓋もないところに小説を作り上げたっていうところが、本当になんだかなあと思わされる。

小川　もっと現実を見てよと言いたい。（笑）だからこの小説の中でいちばん奥さんの影が薄いんですよね。

佐伯　ちょっと可哀想なぐらいにね。

小川　ある意味奥さんも死んだお姉さんの身代わりで結婚したのかもしれないですけれど、ちゃんと子供も育て上げて孫もできて一つの家庭を保っているのに、奥さんに対する家族的な愛情みたいなものはほとんど出てこないんです。そして『山の音』はなぜか心中事件で終わるんです。これがまた不思議な終わり方で、修一のお姉さんの夫が女給と心中する。最後にどかーんとドラマがあって、だけど淡々と終わるんです。

佐伯　そして最後の最後はもみじ狩りに行こうというところで終わる。

小川　はい。信吾が、田舎へもみじ狩りに行こうと家族を誘う。何気ないラストです。結局どの夫婦関係もうまくいっていません。結ばれなかったか、結ばれても愛人がいたり、心中されたり。

佐伯　こんなにやりきれない話ってないよなあ。

小川　やりきれないっていう言葉がぴったりですね。こっちの気持ちの持って行き場がない。誰に感情移入していいのか。

佐伯　そういうのって小説を書いている方にしてもきついよね、多分。長く書いてこれたのは、難しいところがなんとかうまく書けた喜びというのがあってこそで、川端の場合、そういうのって絶対にないだろうね。

小川　そうか、ここに収まったのか、という安心感を書き手も持ちたいんですよね。

佐伯　だからすごい苦行というか。

小川　恐るべき忍耐力ですよね。もっと収まるべき場所に収めて書き終えた方がどんなに楽だろうかと。そこに持っていかないことって勇気がいることです。これを読者に差し出すということは。

佐伯　下手したら今の編集者にボツにされたかもね。

小川　なんですか、この終わり方はって。（笑）

佐伯　原稿が遅いから入れざるを得ないっていうところがあったかもしれないけど。（笑）

小川　わざと遅くしていたというところもあると疑いますね。自分はこうしか書けないんだっていう。

佐伯　さっき言ったように書き手にも快感を与えないような書き方だったとしたら、それはギリギリになっちゃうね。

小川　そう、いかに書き手がその小説の中に入って、その小説に奉仕しているつもりでいても、川端に比べたらまだまだ自分が安心したい形に持っていこうとして書いているなあと。編集者や読者に受け入れてもらえるように書こうと無意識にかもしれないけれど、してる。通りやすい方の道を通っていると思い知らされますよ。

佐伯　ある程度小説を書いてきて、この年で読んだら余計にそう思う。川端が昭和の初期の頃に文芸評論を書いていた時期のエッセイが「文学界」のコラムで紹介されていたんだけれども、純文学っていうものはどうあってもいい。そして、かくあらねばならぬというのが大衆文学だと川端は言っている。大衆文学は読まれてはじめてだから、読者にとって面白くなければならぬというところがあるけど、純文学はどうあってもいいというのは、なるほどなあと思わされたんだよね。

小川　どうあってもいいという意味合いを非常に広くとっている。

佐伯　だから書き手自身も気持ち悪くなるような文学まで入ってくるわけだよね、純文学には。もしかすると理解不能であるところのものまでも入ってくるかもしれない。ただその裏には、それは書き手がそれぞれ決めなければならないという厳しさもあるんだね。

小川　そうですね、それは読者がきめるんじゃない。ハワイ大学での講演（「朝の光の中で」）ではガラスのコップの光がとても綺麗だということを延々と語っているんですが、自分はそこからでも小説が書ける、そこに美を作ることができると言っているんです。だから何度もいうようですが、川端はあくまで「見る人」なんですね。見ているけれども手出しはしない。見ていれば書けるので、手を出す必要もないんです。

佐伯　しかしまあ、川端が「見る」っていうことはすごいんだな。ものの本質、その向こう側まで見てしまう。だから見られると怖いっていう人がいるんだね。

小川　下宿の二階の廊下の日向で横になっている川端の姿がいちばん幸せそうに見えたと、横光利一に言われたことがあると川端はエッセイ「思い出すともなく」に書いているんですけど、それを読むとちょっと可哀想な気持ちになってきちゃうんです。何にも見ないで、何にも考えないで日向の寝椅子に横になってうとうとしている姿を親友は見ていて、それがいちばん幸せそうだったということは、作家になってからはそういう姿は見せられなかったのかな、と。常に見ていなくちゃならない。世界を見ていなくちゃ書けない。

佐伯　いみじくも『掌の小説』の中で唯一幸福感が出てるのが「日向」だからね。

小川　ああ、そうですねえ。そうそう。日向が幸福の象徴なんでしょうね。初代さんとおはじきをしたいというのも、場所のイメージはきっと日のあたる縁側でしょう。それって子供に帰りたいということですよね。結婚は普通、社会的な責任を負うとか、大人になることなんでしょうが、逆行して二人で子供に帰りたいっていうその結婚観もまた独特です。子供時代がなかったからかなあ。

佐伯　そして母親を知らずにっていうこともあるから。

小川　それは不幸なことなんだけど、川端自身は、自分は孤児だったから他のいろいろな人に助けてもらったから、他人を恨むことができない。そういうありがたさを誰よりも自分は知っている、とプラスにも捉えているんですよね。だからいろいろな雑事を頼まれても断れない。

でもこの『雪国抄』を見ても、小説を書くのが苦痛であるのと同時に、自分の書いたものを愛玩している様がうかがえます。書き直したいというのでもないんですよね。『禽獣』に出てくるように、犬とか小鳥を撫でたり骨董品を愛でたりするのとおんなじように小説を……なんていうのかな、それも自己満足に浸りながらというよりは、自分の作品から伝わってくる感触というか体温みたいなものに触れたいというか。だからやっぱり眼と手ですよね。手から伝わってくるもの。手触りにすごい安心感を求めていたのかもしれません。

佐伯　そうでなければ「片腕」のような感じは出てこないかもしれない。でもあのラストはちょっと衝撃的だね。

小川　「いたいけな愛児を抱きしめるように、娘の片腕を抱きしめた。娘の指を脣にくわえた。……」というところですね。「愛児を抱きしめるように」という表現に、母親に抱きしめられたことのない川端の淋しさがうかがえます。だからやはりちっちゃい時に母親に抱っこされておっぱいをもらうということが人間にとって、生物としてどんなに大事なことか。その欠落を埋めるのはもう不可能に近いのかもしれません。

佐伯　川端の小説の中で母親が恋しいっていうことを思わせる小説としては住吉三部作

があるね。ただあれは呼びかけの形ではあるけれど、現実的な母親に対する呼びかけではなくて、古典的な母恋しの物語にしているように思えるけどね。

小川　谷崎も若くしてお母さんが死んでずっと生涯「お母さん、お母さん」と呼び続けた感じがあります。それもだんだんお母さんが理想化されていくようなところがある。泉鏡花なんかもそうですけど。でも川端の場合はそういうふうに母親を理想化できるほどの原体験もない。

佐伯　そうですね。理想化するのにも何のとっかかりもないような。

小川　継母に育てられたということでもないし、ちょっと特殊ですね。

佐伯　まあ、ありがとうございましたって合掌して毎日寝床につくような少年なんだからなあ。

小川　でもよく生き延びましたね。貧乏でなかったのが唯一の救いでしょうか。これでお金がなくて学校に行けなかったら……。まあ頭がよくて才能があって、お金もあったから学校に行けて、本当によかった。川端のエッセイ「落花流水」でかわいいなと思ったのは、小学校の入学式で講堂に入った時に、世の中にはこんなに多くの人がいるのかと驚いて、恐怖のあまり泣き出したっていう。（笑）だから本当に茨木の狭いちっちゃい家に年寄りと二人だけで暮らしていて、びっくりしたんでしょうね。

佐伯　ほんとうにかわいい。（笑）谷崎との対比みたいなものをちょっと付け加えると、谷崎は東京から関西に行き、川端は関西から東京へと。

小川　ああ、反対ですねえ。

佐伯　谷崎の方が少し年上かな？　で、関東大震災があったりして、谷崎は関西に行って、逆に川端はあの時は学生時代かなあ、谷崎は東京が怖いということで関西に移住したりするけれど、川端の場合は焼け跡の浅草を歩き回って興奮するわけだよね。これで書けると。原爆の時も広島長崎に行って、これを俺は書きたいと。そういうところもちょっと対照的かなあ。

小川　川端は死者に親しみを感じて、谷崎は恐怖を感じる。

佐伯　やっぱり谷崎にとっては、死者は絶対忌避したいものだったんだろうね。

小川　谷崎が戦争中に『細雪』を書いたというのも、ある意味現実逃避ですよね。戦争はもう見たくない、平安神宮の桜が見たいっていうね。それも綺麗な着物を着た女の人が、みんなが振り返るような姉妹が歩いている。そういう世界を、もう何物にも壊されたくないという現実逃避。

佐伯　生への欲求の強さが、現実逃避になっている。それにしても、あの結末は面白いですね。

小川　あれが精一杯戦争に対する皮肉なんでしょうか。結局戦争によって彼女たちの優美な生活が奪われていくんだということを暗示して、汽車が遠ざかって行く。ようやく雪子さんの結婚が決まるんだけど、彼女のお腹の具合が悪くなる。その先は暗闇、みたいなところで終わってますよね。

川端作品のベストは何？

佐伯　僕はいちばんはやっぱり『みずうみ』だなあ。

小川　私はまず「片腕」ですね。

佐伯　『雪国』はまあ……。

小川　別格ですねえ。『掌の小説』はどうですか？

佐伯　まあ入るだろうなあ。

小川　「片腕」、『掌の小説』と、私は『眠れる美女』ですね。あれがもっとも、実はエロティックですよね。谷崎が書いたと言っても、もしかしたら通るかもしれない。

佐伯 まあ僕としては、眠っていることで、娘の声の美しさが感じられないのと、最後の終り方が、もうひとつ……。

小川 まああれもまた不思議な終わり方で、眠る娘が死んじゃっていいのかっていう。(笑)

佐伯 あれは川端の中では完成度は高いし、三島好みでもあるんだけれども、結末が川端っぽくないなっていう。

小川 そう、川端っぽくないですねえ。

佐伯 あれはよく書いたなともちろん思うんだけど。

小川 でも必ずだれかの身代わり、人がたとしての誰かしか愛せないことの、究極の形です。

佐伯 まあゾッとするわけだけど、それでいうと「片腕」の方が好きかなあ。

小川 でも今日柊家に行きましたけど、廊下なんかを歩いていると、あの14番の部屋のドアの向こうに全裸の若い女の人が寝ていて、みたいな妄想が浮かんできてもおかしくないような気がしました。

佐伯 昔の日本家屋っていうのはそうですよね。それはまあ『山の音』にしたって菊子さんのそういう声がっていうことはあるけど、今の密閉された空間だとなかなかそうはいかない。やっぱり日本家屋のああいう感じっていうのは、なかなかそれは今は書けなくなってきているかな、小説としてね。

小川　そう、舞台として。柊家にしても俵屋にしても、もういまの雰囲気からしたらあれの方が異常ですもんね。あの異界な感じが普通だったんですね。それは日本人の美意識も変わってきますよね、当然ながら。

佐伯　今回川端を読み返していて小川さんはどう思ったか、僕のことを言えば、まあ身も蓋もない小説だなあと。でも読んでて苦痛じゃないんですよ。

小川　そうなんです。よくちょっと最後まで読めない小説ってあるんですけど、そういうのが一つもないんです。ちゃんと読ませるんです。

佐伯　こんなことよく書くなあと思うんだけど、『掌の小説』なんかはそういうのばかりなんだけど、でもそれを真似したいという気にもさせないよね。

小川　自分にはできないだろうなあっていう諦めですね。

佐伯　ああいう精神性に惹かれるところはあるけれど。

小川　でも作家人生としては幸せだったんじゃないですか？　ベストセラーも出して。

どこかのエッセイにありましたが、町中でタクシーに乗ったときなんかに「あの、『伊豆の踊子』の川端先生ですか」と必ず言われるって。嬉しいとは書いていないんだけど、ちょっと嬉しそうな感じの文章で。まあそういう代表作もちゃんと世に送り出して、ノーベル賞も貰った。

佐伯　最後の自殺もそんな悲劇な感じはないよね、帰るところに帰ったような感じで。

小川　寿命が尽きたって感じに近いですね。一番帰りたかったところに帰った。で、あの世では子供になっているのかな？　子どもになって日向ぼっこしながらおはじきで遊んでるんですかね。亡くなったのは七十二でしょう？　当時の平均寿命がいくつかわかりませんが、三島や太宰の自殺は特異だと思うけど、川端の場合は寿命で死んだという意識がありますね。なんか無理やり切断されたっていう感じはない。

佐伯　自殺っていっても……。

小川　ガス管咥えて胎児に帰っていくようなね。それに引き換え谷崎は最後のお誕生日に鱧をわーって食べて、お手伝いさんみんなに囲まれて。

佐伯　まあそれはそれで。

小川　でもまあいまだに読み継がれている作家って、それは幸せですよ。もう数えるほどしかいないわけですよね。死んで五十年経ってもこうやって私たちが読んでああだこうだ言える作家って、そんなに何百人といるわけじゃないですから。

佐伯　それでいうと、やっぱりいちばんは紫式部か。

小川　すごいですよね、式部っていうのは。

佐伯　アーサー・ウェイリーの源氏の英訳は、川端は評価しているんだよね。もしかしたら英訳で読んだ方がいいかもしれないとまで言っているけれども。僕は、源氏物語の原文は高校時代に部分だけ教科書で読まされたけど、そうじゃなくて頭から読んでいくと、なんとなく摑めるものがあるから、意外と原文で読むのも楽しいけどなあ、と今は思う。全文を通して読むということまではしてないけども。

小川　誰かが音読してくれて音楽として聴くと入っていきやすいかもしれない。源氏物語って廃れていた時代がないんですってね。平安時代から今までの間に。例えば江戸の何十年かのあいだすっかり忘れられていたのに、何かのきっかけで復活しましたということがなくて、もうずっとある意味ベストセラーであり続けている稀有な本だって、高橋源一郎さんが言ってました。再発見されたわけじゃないと。いいとこのお嬢さんたちが「源氏簞笥」っていうのをお嫁入り道具に持ってお嫁に行ったとか。

佐伯　まあ昔の床入りの教育みたいな面もあったのかな。

小川　ああ、そういうことですか！　なるほど、それは思いつかなかった。（笑）文学的教養の最低限のものとしてだとばっかり。

佐伯　もちろんそれもあるのでしょうけれども。

小川　それで廃れなかったっていうこともあるんですね。非常に上品なやり方でそれを教えるのが源氏箪笥だった。

佐伯　やっぱりすごいよなあ。ポルノグラフィーでもあるし、政治小説的なところもないではないし、社会小説でもあるから。

小川　風俗を伝えるというのもある。それを女性が書いた。あの時代に。そういう教養をちゃんと持った女性がいたんですねえ。だって名前さえわからないわけでしょ、紫式部って。お父さんの御所院の官職か何かしかないわけで。

でも川端と谷崎は対比したくなりますけど、三島と川端って対比してあまり面白いことは出てきそうにないのが不思議ですね。なぜでしょう。

佐伯　まあ三島と川端だと、三島は結末が見えたところから書き始めるっていうのに対して、川端は絶対絶命の境地から書き始めるっていう対照的なところがあるから。三島みたいに、小説を構築するというのと、川端の場合は、小説を書くという行為自体の意味が違ったんじゃないかな。小説を書いている時だけ、身も蓋もないこの世に対峙するっていう……。

小川　自分とこの世を繋ぐ細い糸が小説だった。とにかく書いていることが紙に字を書いていることが、カウンセリングみたいな。

佐伯　それが川端にとって生きているっていうことで、他は別にいろんな世俗的なことも選挙を応援することも、それは別に川端はどうでもいいんであって、とにかく紙に字を書いているその先に、川端にとっての生があったということでしょうね。

小川　だから究極的には自分のために書いていた。

佐伯　そうだと思う、そこは。

小川　自分一人のために書いていたということでしょうね。

佐伯　でもカウンセリングではないんじゃないかな。

小川　そうか、カウンセリングって言ったら相手がいますから。

佐伯　そこが不思議なところなんだけど。

小川　紙って無ですもんね。真っ白です。真っ白い無に向き合っているということです、小説を書くっていうことは。

佐伯　そこしか川端の世界はない、っていうことかな。無を表すっていう。

小川　そうか、無を表すために字を書いていたんだ。無と会話していたんですね。ないものと言葉を交わしてた。でもすごくいい機会でした。今回は。川端を読み返していてもいつも解釈しきれない宿題みたいな何かがあって、それを今回、佐伯さんと話しているうちに、ああ、そうか、ここで繋がり合うんだと感じる瞬間が多々ありました。

佐伯　まあ謎が深まったというところもあったけど。

小川　そうそう、でもその謎の深まりが「ふーん」って頷ける心持ちにさせてくれるんです。そうかそうか、と。非常に心地よい謎でした。

（二〇二二年九月十三日　京都にて）

附

見えないものを見る――「たんぽぽ」

小川洋子

小説を書いていて、その物語が終わりに近づいてきたなと予感する時、そしてとうとうこれを最後の一行にしようと決心する時、わたしはいつも漠然とした不安を感じる。最初の一行を書き付けた時の気持の高まりはすっかり静まり、一つの物語を閉じたという解放感もなく、ただ、これが本当の終わりなのだろうかという不安だけが残る。

作品が活字になり、世の中へ出ていってもまだ、何か別の終わり方があったような気がしている。でも考えれば考えるほど、迷路の奥に入り込んでしまいそうで、結局どこかでふんぎりをつけることになる。

終わりのない小説を書けたら、どんなにいいだろうと思う。

しかし、すっかり完成したような顔をして活字になっている小説でも、書き手があきらめないかぎり、いくらでも変わってゆく可能性を秘めている。実際、長い時間を経たのちに、書き変えられる小説はいくらでもある。書き手が生きている限り、彼の小説はすべて未完であるといってもいいのかもしれない。反対の言い方をすれば、書き手の死によってしか、小説は完結できない、ということだろうか。

『たんぽぽ』は未完の小説と言われている。昭和三十九年から四十三年にかけ「新潮」に連載され、ノーベル文学賞受賞という出来事のために中断を余儀なくされたまま、結局川端氏の死によって、書きつがれることなく終わってしまった。

そういう意味では確かに未完なのだが、『たんぽぽ』には、中途半端な所で放り出されるような物足りなさは感じない。形式的には未完かもしれないが、本質的には十分に完結した小説であり、小説にとっての本当の終わりとは何なのかを、考えさせてくれる。

物語はたんぽぽが咲いたのどかな町、生田町の精神病院に、稲子を預けるところから始まる。稲子の恋人久野と彼女の母親は、病院に心を残しながら、丘を下りて停車場へ向かう。稲子は目の前の人間がふっと見えなくなる、人体欠視症という奇病に冒されている。
冒頭、入院患者の一人である老人が、古新聞に「佛界易入　魔界難入」という文字を書いている場面が出てくる。佛界と魔界、正気と狂気、存在と消失、といった相反するように思われるものたちが、『たんぽぽ』の中ではお互いに含まれ合い、混ざり合いしながら、そういう区別の無意味さ、むなしさをあぶり出してゆく。

病院に稲子を残し生田の町を歩く久野と母親は、堂々巡りの会話をしながら、境界線の消え失せた、佛界でも魔界でもない世界に迷い込んでゆく。母親は病院にあった大木が涙を流していたと言い、土橋の途中ですれ違った〝たんぽぽのような少年〟を、自分にさびしさを植え付ける妖精だと言う。また久野は生田川のほとりに、白い鼠と白いたんぽぽを見たと言う。

稲子には存在しているものが見えない。久野と母親には、存在していないものが見える。その不思議さがひとかけらの矛盾も残さず、確かな輪郭を持って描かれている。いわゆる**未完**であるがために、大木の涙も、妖精のような少年も、白い鼠も白いたんぽぽも、結末に行き着くことなく、そのままの姿で宙に浮いている。結末がないからこそ余計に、宙に漂うその揺らめきを、存分に味わうことができる。

『たんぽぽ』においては誰も、稲子を狂人扱いすることはできない。それどころか、稲子と久野の間に、一つの完成された純粋な愛の関係を感じることができる。稲子は久野に抱かれていながら、久野が見えない。感触だけは残して、肉体が消滅している。久野に対する嫌悪からではなく、あまりにも深い愛のためにそうなるのである。

その証拠に、消えた肉体のかわりに桃色の弓形が虹のようにあらわれ、稲子はそれを非常にうるわしいものに感じる。久野が見えないという恐ろしさよりも、桃色の虹の美しさの方がより強く彼女をとらえる。

「こんな久野さんとあんなことをしてはいけないのだわ。」

と、彼女はひとりごとのように言う。

愛の結果として肉体がもたらすものへの不安が、彼女を人体欠現症にしたのだろうか。肉体がないところにある、愛の形を確かめたかったのかもしれない。彼女は形のないものを見ようとしたのだ。

肉体が感じるもの、肉体が語るものをすべて排除したあとに何が残るか、余計なものが蒸発したあとに残る結晶はどんな形や色をしているのか、久野と稲子二人の場面はわずかしか描かれていないのだが、それが読み手にもじわじわと見えてくる。久野と母親の会話と回想にしかあらわれない稲子の姿が、段々と見えてくる。読み手もまた、この物語の中で、見えないものを見てしまう。

そして結局、未完であるがために、見えていたものの形を完全にとらえることはできない。白いたんぽぽをもう一度、見に行くこともできない。ふと気がつくと、それはまた見えないものに戻っていて、物語も消える。

未完のおかげで、見えないものを見せてもらえた。これは、終わる必要のない小説なのかもしれない。

（「新潮」一九九二年六月）

附

遵守された戒律

佐伯一麦

一九六八年に日本で初めてのノーベル文学賞の受賞者となった川端康成が、一九七二年に自ら命を絶ったとき、私は中学一年生だった。その二年前に、三島由紀夫が市谷の陸上自衛隊に立てこもって自決した三島事件のときほどの衝撃はなく、ガス自殺だと顔がピンク色になって綺麗らしいぞ、などと物知り顔で言う、ませた級友がいたぐらいだった。私はといえば、まだ作品はろくに読んでいなかったのに、ガス管をくわえて、というのは、まるで臍の緒につながれた胎児の姿勢だな、と想像したりした。

私にとって、川端康成の名前を初めて知ったのは、『小公女』の共訳者としてだった。もう一人の訳者は野上彰。私は三人兄姉の末っ子で、幼稚園のときに読んだその本は、七つ違いの姉か、三つ違いの兄に買い与えられた児童文学全集の中の一冊だったにちがいない。寒い東北の寝床で読んだので、布団から出した手が冷たくかじかみ、片手ずつ息を吐きかけ、代わるがわるに本を持ち替えながら読んだことを覚えている。その冷たさが、セーラの屋根裏部屋につながっているようにも思えた。

川端康成が、訳文をどれほど受け持ったかは知らないが、いまにして思えば、初期に少年少女小説を書いたほかに、『みづうみ』をはじめとする代表作のなかでも、よく少女を描いたことは確かで、バーネットの『小公女』の、自分と同じ孤児となったセーラの身の上に同感するところは多かったのだろう。セーラが意地悪なミンチン先生を形容する〈つめたくて、おさかなの目のようにどんよりとくもっている〉〈笑いかたも、えらそうにしていて、つめたくて、おさかなのようだ〉といった絶妙な表現は、いまでも覚えている。（ちなみに、昭和八年に「少女倶楽部」（大日本雄弁会講談社）に連載された川端の少女小説「学校の花」は、主要な登場人物の一人に、父母がなく、芝居小屋の子役として周囲からいじめられて暮らしている少女が出てきて、最後に生き別れた姉との奇遇がもたらされる、『小公女』にもつながるような物語だった）

川端の死からすぐ、薄みどり色の表紙の旺文社文庫で『川のある下町の話』を読んだ。『雪国』や『山の音』、あるいは『みづうみ』が川端文学の代表作であると考えるが、愛着という点でいえば、私にとって、この作品に如くものはない。余談だが、あの頃の旺文社文庫は、今の講談社文芸文庫のように、巻末の解説に加えて、年譜や作家紹介が載っていて読みでがあった。ハードカバーの特別装丁なので、通常のものよりも値段が少し高くなっているが、紙質がよいので、他の文庫本の紙が経年で茶色にくすんでいるのに比べていまだにきれいで、紙の白さが目を惹く。

『川のある下町の話』は、昭和二十八年に、五十四歳の川端が「婦人画報」に連載した叙情的な作品で、日本が戦後の混乱と虚脱状態から立ち直り、戦後の繁栄へと踏み出した時代を描いている。題名に瞭かなように、川のある土地が、貧しい医学生、女学生、薄幸の美少女、知性の優れた女医、キャバレーの孤独な青年といった作品に登場する人々の生きる場所として物語られていく。それは、仙台の広瀬川べりに育った私にとっても、物語に入り込みやすく親しい場所と感じられた。

川端は、その『文学的自叙伝』のなかで、〈私を温かい薄情と見、冷たい親切と思う人も少なくないであろう。私は何人にも憎悪や敵意を持つことの出来ぬ哀れな人間だ〉と述べているが、相反する言葉を重ねる独特の物言いを真似れば、当時私が『川のある下町の話』から受け取った感情は、「さびしくあたたかい」というものだった。そして、いま思い返してみると、この作品の中でも、両親の亡い貧しい娘が、主要な登場人物の一人であり、〈自分が愛する人は、みな死ぬと思いこんでいる〉という強迫観念を持っており、しまいには神経を病んでしまう。

『川のある下町の話』の翌年に「新潮」に連載した『みづうみ』の中にも、〈この世の果てまで後をつけてゆきたいが、そうも出来ない。この世の果てまで後をつけるということ、その人を殺してしまうしかないんだからね〉という主人公の言葉が読める。そうした、愛へのオブセッションが川端に胚胎したのは、孤児であることに加えて、大学時代の大正十年に、婚約まで交わした伊藤初代が、預けられていた寺の僧侶に犯されて破談となった、いわゆる〝非常〟の悲劇によってだったことは確かだろう。

このことに直接材を取った作品として、「非常」のほかに、「篝火」「南方の火」「霰」などが知られているが、先に見たように、『みづうみ』などのそれ以降の作品にも、初代の面影は揺曳している。そして、死によって中断されて未完に終わった『たんぽぽ』にも、愛する人の姿が見えなくなる人体欠視症の娘を通して、愛が必ず相手を滅ぼす、というテーマが一貫して流れている。

その端緒となった作品として、私は、『掌の小説』のなかの大正十五年作の僅か二頁に満たない「心中」に注目する。遠い土地にいる夫から、妻へ届く四通の手紙。そこには神託の口調で否定命令が記されている。〈子供にゴム毬をつかせるな。その音が聞えて来るのだ。その音が俺の心臓を叩くのだ。〉〈子供を靴で学校に通わせるな。その音が聞えて来るのだ。その音が俺の心臓を踏むのだ。〉〈子供に瀬戸物の茶碗で飯を食わせるな。その音が聞えて来るのだ。その音が俺の心臓を破るのだ。〉そしてしまいには、〈お前達は一切の音を立てるな。戸障子の明け閉めもするな。呼吸もするな。お前達の家の時計も音を立ててはならぬ。〉とあり、母と娘が命令に従い死ぬと、〈そして不思議なことには彼女の夫も枕を並べて死んでいた。〉というのである。

これは、〈私はあなた様とかたくお約束を致しましたが、私には或る非常があるのです。それをどうしてもあなた様にお話しすることが出来ません。（中略）あなた様はその非常を話してくれと仰るでしょう。その非常を話すくらいなら、私は死んだ方がどんなに幸福でしょう。どうか私のような者はこの世にいなかったとおぼしめして下さいませ〉という伊藤初代からの「非常」の手紙を受け取った川端が科した、俗な解釈を拒む愛の戒律であり、それは生涯においてひそかに遵守された、と私には思われる。

（「季刊文科」88　二〇二二年夏季号）

引き返せない迷路

小川洋子

二十代から四十年以上にわたって書き継がれてきた、百編を超える掌編小説集、『掌の小説』のページをめくるたび、これも、これも、これも、全部川端康成の中から生まれ出てきたのか、という素朴な驚きに打たれる。そんなことは当たり前じゃないか、ともちろん頭では分かっているのだが、あまりにも鮮明なイメージが延々とわき出してくるさまに立ち会っていると、底なしの沼に引きずり込まれてゆくような錯覚に陥り、とてもこれらすべてがたった一人の人間によって書かれたとは信じられなくなる。あの黒々とした大きな瞳の奥に、どれほど深い物語の沼を潜ませていたのか、考えるだけで陶然としてくる。

小説のボリュームからその種類を長編、中編、短篇と分け、最も小さなものを掌編と名付けた人は誰なのだろう。掌、という字は単に小ささを表しているだけではない。人間の体温を呼び覚ます。そこには複雑な模様が刻まれている。二つの掌を合わせると、窪みの中に秘密めいた暗がりが現れる。

冒頭に置かれた一編、祖父の葬儀の日を描いた『骨拾い』に、焼いた骨の中から咽仏が見つかる場面がある。

「今やっと見つかりましたんや。まあ、お祖父さんもこの姿や。お骨箱に入れたげなはれ。」

と言う出入りの婆あの傍らで、主人公はそれを単なる石灰質として見つめる。彼にとって祖父の骨は、決定的な生との遮断を意味する物体でしかなかった。彼の胸の内にはいまだ、門口で自分を迎えてくれた祖父の、盲目の瞳にあふれる喜びの色が満ちていた。墓に骨壺を埋めたあと、彼は自らの右手を力強く振る。骨の鳴る音が聴こえる。手には小さな骨壺が握られている。

掌にあるのは、生と死が触れ合う音なのか、孤独な生の欠片なのか。あるいは、こちらとあちら、どちらにもたどり着けずに取り残された、空洞の響きなのだろうか。

『掌の小説』は、主人公が掌に握る骨の音によって、はじまりが告げられる。読み手はその掌に顔を寄せ、じっと耳を澄ませることになる。鼓膜に届く震えが呼び起こす世界は、切れ目なく次々と移り変わってゆく。一つの物語から次の物語へ、いつの間にか果てしもない旅をしていることに気づかされる。一つ一つが独自の光を放ちながら、同時にせせらぎのような糸が、すべてをつなぎ合わせている。時折、魔法を見せられているような思いで掌に視線を落とすが、その持ち主は冷徹なほどの静けさをたたえたまま、ただ一人、たたずんでいるだけだ。

読みはじめてすぐ目が留まるのは、掌という容れ物のサイズとは不釣り合いな、ダイナミックなイメージの衝撃である。例えば、『火に行く彼女』に登場する、逃げる群衆をかき分け、敢えて火の海に向かって走って行く女。たとえ焼け死んでも男を許さないという決意を、女は突き付けてくる。焔の中で黒い一点となる彼女の姿が、〝私〟に痛みを残す。『鋸と出産』では、〝私〟は剣で女と対決している。女の刀は刃がギザギザにこぼれ、鋸になってゆく。

「私、赤ん坊を産んだばかりだから弱いんだわ。」

と、女は言う。現実の世界では叶わなかった幻の出産が、鋸のイメージに重なる。温かく柔らかい赤ん坊と、血に濡れて尖った鋸の刃が、思いも寄らず、並列に置かれる。『竜宮の乙姫』、『処女の祈り』はどちらも神話的なスケールを持っている。夫の墓石に縛りつけられた女は崖を滑り落ちて海へ沈み、村の処女たちは狂い笑いをしているうちに焔に飲まれ、生贄にされる。

更に強烈なのは、『馬美人』だろう。裸馬にまたがり、畑のコスモスを踏み倒し、音を立てて月光を蹴散らしながら流星のように南の山へ消えてゆく娘の姿は、掌の輪郭などやすやすと突き破ってゆきそうな勢いを持っている。にもかかわらずなぜか、いつまでも向こう側へたどり着けないまま、生と死が混じり合う暗がりの中を駆け続けている。

こうしてみると、予測不可能な大胆さを見せるのはなぜか女性の方が多い。男は彼女たちに関わり、癒せない傷を負うのを恐れるように、おずおずと安全な距離を測っている。平然とした振りを装いつつ、惨めさや後悔や憐れみの中に沈み込んでいる。

一方、あまりにも純粋な、だからこそ一生のうちに何度も出会えない、初々しい一瞬を表現した作品も印象深い。『日向』の主人公は、つい人の顔をじっと見つめてしまう癖を持っている。恋人もその癖のために照れて気まずい表情を見せる。ところが何気なく砂浜の日向に目をやっている時、盲目の祖父と二人きりで長く暮らした生活がこの癖を生んだのではと気づき、自分で自分を哀れむ許しを得たように思う。恋人に対し、卑屈な自分の精神が現れ出ているのではないことに、大きな喜びを感じる。二人の前に広がる日向は、心からの親しみに満ちた未来を照らしている。

『雨傘』の二人が見せる初々しさは更に微笑ましい。遠く離れ離れになる日が近い少年と少女である。少女の羽織に軽く指を触れるだけで、少年は彼女の裸を抱きしめるのと同じ温かさを感じることができる。彼女は無意識のうちに彼の傘を持っているのに気づき、その事実を、二人の距離が縮まっている象徴のように受け取る。

多くの言葉をぶつけ合うほどの関係にはまだ至っていない、若い男女の沈黙の中に流れる微妙な感情の揺れが、ほんの二、三ページの中に掬い取られている。その揺らぎが微かであればあるほど、読み手の視線はそこへ吸い寄せられてゆく。どんな沈黙の波音も聴き逃すまいと、いっそう耳をそばだてないではいられなくなる。

掌編だからこそ、あれこれ辻褄を合わせている暇もなく、ぽつんとある謎が置き去りにされる作品も多い。読み手は何の手出しもできないまま、無言で立ち尽くすことになる。例えば『帽子事件』に登場する、不忍池に人々を突き落として走り去る痩せた男は、一体何者なのか。『夏の靴』の少女は、なぜ血だらけになって馬車の後ろを走るのか。また、『心中』に出てくる、音を立てるなと命じる夫の手紙が、心中にまで至る過程は理屈を超えているし、『隣人』では、耳の悪い老夫婦の食卓で、二羽の鳶が卵焼きやハムを一緒に食べている。

もはや、なぜ、と問いかけても意味がない。理由を知ろうとすることは、『掌の小説』を味わうのに何の手助けにもならない。むしろ邪魔になるだけだ。読み手は、次々現れ出るあらゆる不思議を、ありのまま丸呑みにするしかない。最初のうち、胸がつかえて、息が詰まってどうなることかと不安になるが、やがてそうした感触が快感にすり替わっているのに、気づかされる。

理由を取り払ったあとの世界は、何と自由で広々しているのだろう。輪郭は遠く引き伸ばされ、暗がりはどこまでも深く広がっている。それまで理由という理屈によって守られていた壁が取り払われ、想像もできなかった風景に取り囲まれる。目がくらむ私たちの前にはただ、卵焼きとハムを食べる二羽の鳶だけが、取り残されている。

さて、もう一つどうしても気になるのは、官能を呼び覚ますイメージである。これまで取り上げてきた、神話的なダイナミックさも、純粋な初々しさも、理由のない謎も、もちろん官能的な空気と無縁ではなかった。しかし更に濃い密度で、それを感じさせる作品がいくつもある。

まず、『バッタと鈴虫』を挙げたい。女の子の胸に、「不二夫」という名の提燈の明り模様が映る。本人たちは何も気づいていない。ただ作者だけがその明りに目を留め、美しい光のはかなさと、少女の中に潜む官能の予感に思いを馳せている。同じく官能の芽生え、ということで言えば、『指環』も忘れ難い。蛋白石の指環をはめて湯船に入る少女。指環を見せてごらん、と声を掛ける男。湯気の向こうに透けるほのかな宝石の光の中で、少女は男のどんな幻想にも応えることができる。

芽生えた先から官能は死と結びついてゆく。『鶏と踊子』の踊子は、夜鳴きをする不吉な鶏を抱いて、観音様のところへ捨てに行く。『妹の着物』では、死病に取りつかれた妹のコルセットの、乳房が覗いていた二つの円い小窓からスズメが首を振っている。『足袋』の〝私〟にとって白足袋は、死に際の姉の口から這い出してきた白い蛔虫そのものであり、『不死』の中で、老人の死が明らかになるのは、耳に口をつける女に向かい、彼が、

「みさ子さんの、あまい息だねえ。むかしのままだ。」

とつぶやいた時だった。

そして『屋上の金魚』。金魚を口いっぱいに頬ばり、尾が舌のようにべろりとたれ下がったまま、娘に殺される母の姿を、記憶から消し去るのは難しい。

すべてを読み通してみると、一つ一つの掌編を読んだというより、一続きの広大な世界をさ迷い歩いた気がする。網膜に張り付いてはがせない鮮明な一瞬がつながり合い、延々と続く迷路となり、魅惑的な魔力でこちらを誘ってくる。

果たして無事に、戻ってこられるだろうか？　ページをめくる途中、何度も問い掛けずにはいられなくなる。けれど私は一体、誰に向かって問うていたのだろう。川端康成か、登場人物か、自分自身か。私の声はただ、どこにもたどり着けないまま、小説が生まれる沼の、暗い奥底に吸い込まれ、消えてゆくばかりだ。

（二〇二二年一月、新潮文庫『掌の小説』解説）

川端再読

佐伯一麦

東日本大震災のあった二〇一一年の秋から翌年の春にかけて、仙台文学館で五回にわたり川端康成の『雪国』について話す機会があった。参加者からも感想を聞く、読書会のようなものである。これは震災前から決まっていて、地震で倒壊した書棚を片付けながらの日々の中で、その準備のために川端を再読することとなった。『方丈記』などの古典は別として、明治以降の近現代文学が、うまく心に入ってこないざわざわしたような精神状態の中にあっても、川端作品は不思議と身に染みて読むことが出来た。

震災の日は、雪が舞う寒い日だったが、夜半になって晴れ渡り、満天の星々とともに七夜の月が出た。

私は以前、川端作品の英語の翻訳に関心を持ったことがあり、まず、薄い『美しい日本の私』の対訳本を買って来て再読した。そこで川端は、「山の端にわれも入りなむ月も夜な夜なごとにまた友とせむ」という明恵上人の歌や、日本における西洋美術史研究の祖である矢代幸雄博士が、日本美術の特質の一つを「雪月花の時、最も友を思ふ」という詩語に約められるとしているのに触れて、たとえば月の美しさを見るにつけ、〈親しい友が切に思はれ、このよろこびを共にしたいと願ふ、つまり、美の感動が人なつかしい思ひやりを強く誘ひ出す〉と述べていた。そして、〈この「友」は、広く「人間」ともとれませう〉とも。

それがきっかけとなって、震災の数年前から私は、「月を友とする」ということを日々の暮らしの中で意識するようになっていた。震災後、一週間近く停電している中、その〝友〟である月が、膨らみを増してスーパームーンの満月に近付いていくのを毎夜眺め遣っては、戦時中に四十代半ばだった川端が、住まいがあった鎌倉で防火群長か班長を頼まれて夜回りをしたときに見た月を、戦後になってから印象深く振り返っていたことが切に思い出された。

鎌倉の人家もまばらな小さい谷である。灯火管制で明りが一つもない、寝静まった谷の冬の月は、日本のかなしみで私を凍えさせるようだった。このように日本の伝統を強く感じさせられたことはない。かなしみから伝統を感じるのも、私のセンチメンタルな性だろうが、すでに負けいくさであったし、人々の暮しもみじめだった。その夜まわりの冬の月は生涯私についてまわるのだろうか。（「月見」）

あの寒かった三月十一日の七夜の月は、私にとっても、川端同様の感懐にいざなう。震災を経て、行なえるか危惧された仙台文学館での読書会は、二〇一一年九月四日の日曜日に、予定通り開催された。偶然だが、当日は旧暦では八月七日だったので、ちょうど震災の夜から半年後の七夜の月が出る巡り合わせとなった。

『雪国』についての参加者たちの感想を聞いてみると、主人公の島村が無為徒食であるということに引っかかった、という否定的な感想がとても多かった。被災地の近くにあって、震災からの復旧、復興が世間では叫ばれている、という事情も影響していたのだろうか。

ともかく、これほど現代において好感を持たれない主人公もいないのではないか、と思われたほどで、ちょっと困った気持ちにもなった。有名な冒頭だけは知っていたが、最後まで読み通したのはこの機会が初めてだという人も多く、「こんなポルノグラフィーだとは思わなかった」「どこがノーベル賞を与えられるほどの名作なのか」という声も挙がった。

しかし、私はむしろ、震災後という状況の中で、『雪国』に描かれているこの徒労感だけは読めるな、という思いを抱いていたのだった。読んだ小説を一々書き留めている雑記帳が十冊にもなっていたり、山奥で三味線の独習に励む駒子の行為を、島村は徒労と思う一方で、それが反って彼女の存在を純粋に感じさせることになる。

東京に妻子がある身でありながら、旅先の温泉で知り合った女性と深い仲となったにもかかわらず、徒労だと突き放す、そんな島村に、参加者たちは倫理的な嫌悪感を覚えたようだったが、私には、かりそめにでも人聞きのよいことを言わない島村が、逆に誠実に思われた。震災以降、世間では「創造的復興」だとか「絶望の後の希望」だとかいった浮ついた言葉が飛び交っていたので。矛盾した人間の有り様や解決のつかないことを前にして、立ち竦み、もどかしい言葉が交わされる『雪国』のほうに、真情がこもっていると感じられたのである。

『雪国』は、ドラマティックな筋を追っていくというタイプの小説ではない。ところが、読書会では、筋とは直接関係がなさそうに思われる自然描写や風景描写は飛ばして読んだ、という若い世代からの意見があって、いまの読者は小説をそうやって読むのか、と驚かされたことがあった。最近の小説から描写がうしなわれた、という声を聞くことがあるが、こうしたところにも遠因があるのかもしれない。

少なくとも、川端文学は細部をこそ読まなければ、と私は思う。例えば、こんな箇所。

雪を積らせぬためであろう、湯槽から溢れる湯を俄づくりの溝で宿の壁沿いにめぐらせてあるが、玄関先では浅い泉水のように拡がっていた。黒く逞しい秋田犬がそこの踏石に乗って、長いこと湯を舐めていた。

そう言って、丘の上の宿の窓から、女が夜明け前に見下していた坂道を、島村は今下りて行くのであったけれども、道端に高く干した襁褓の下に、国境の山々が見えて、その雪の輝きものどかであった。青い葱はまだ雪に埋もれてはいなかった。

十三四の女の子が一人石垣にもたれて、毛糸を編んでいた。山袴に高下駄を履いていたが、足袋はなく、赤らんだ素足の裏に皸が見えた。傍の粗朶の束に乗せられて、三歳ばかりの女の子が無心に毛糸の玉を持っていた。小さい女の子から大きい女の子へ引っぱられる一筋の灰色の古毛糸も暖かく光っていた。

特に、最初の秋田犬が湯を舐めている箇所は、中国のノーベル文学賞受賞者の莫言が、「小説の自由な描写に目覚めた」と語って有名となったが、川端の視線は、恋愛の修羅場にあっても、ふつうの人のいとなみを見逃さない。自然描写が筋と離れてあるとしても、それは人事とは無関係に存在している自然というものをかえって気付かせてくれるようにも思える。

さらに、〈空と山とは調和などしていない〉とも川端は書く。これは、川端についてよく言われる、「日本的な情緒を描いた作家」という評価とはことなる、名付け得ないものを捉えようとする独特のリアリズムを湛えた精神性なのではないか。その精神が、北条民雄の『いのちの初夜』を新しいリアリズムの表現として掬い上げることにもなった。

余談だが、いつからか私は、旅に出るときに、川端の本を一冊鞄に入れて出かけるようにしている。どこでも適当に開いた箇所を拾い読みするだけでも味わえる。川端の文章には、そんな魅力があると思う。案外と滑稽味もある。震災後に川端作品が読めたというのも、その頃は旅先にいるような心地で日々を過ごしていたからかもしれない。

この『雪国』は、昭和十年から十二年にかけて連作として文芸誌に分載発表され、いったん単行本化されるが、さらに戦後に『続雪国』として加筆されて、結局十三年かかって現在私たちが読む『雪国』の原型となった。その間、多くの推敲が加えられた形跡がある。

国境の長いトンネルを抜けると雪国であった。夜の底が白くなった。

という名高い冒頭も、「夕景色の鏡」という短篇での初出時には、濡れた髪を指でさはつた。――その触感をなによりも覚えてゐる、その一つだけがなまなましく思ひ出されると、島村は女に告げたくて、汽車に乗つた旅であつた。

となっており、少し後になってから、〈国境のトンネルを抜けると、窓の外の夜の底が白くなつた〉として出て来ていた。

推敲によって小説世界が大きくなり、深まったことがひと目で見て取れ、『雪国』は推敲の極致の文学作品、といわれる所以であることがわかる。実は川端は、ノーベル賞を受賞した後も推敲を重ね、死の二年前の昭和四十六年に『定本　雪国』が出て、これが決定版となるわけだが、さらに死後、書斎から毛筆で抄録をしたためた遺稿『雪国抄』が見つかるのである。

骨董を愛翫するように、川端は『雪国』という作品を手元に置いて、日夜、磨きに磨きをかけていたのだろう。それと関わるが、川端作品を読むと、実作者として私は、手書きで書くことの効用、というものを考えさせられることがある。

駒子が住んでいるのは、お蚕部屋だったところである。蚕は「天の虫」と書く。そして、蚕は成長すると蛾となる。蛾は「虫偏に我」、つまりエゴのある虫。駒子の豹変を、「天の虫」である蚕から「我のある虫」である蛾になっていくことに重ねていると読めないだろうか。それから、最後に出てくる「天の河」も「天の虫」から連想としてつながるようだ。また、駒子が変わってからの二人が関係を持つシーンは、蟇の鳴き声の聞こえ方でおぼめかして表現されているが、蟇も蚕と似た字面である。駒子の唇をやはり虫偏の蛭と喩えた箇所もある。

どこまで意識的だったのかを証明することは難しいが、毛筆をふるいながら、表意文字ならではの、それらのロジックを考えていた川端の姿が、私には見えるような気がする。

そんな説明などを交えながら、全五回の読書会は終わりを迎えた。最後まで、参加者たちの島村に対する嫌悪感は拭えないようでもあったが、関東大震災で遺体をたくさん見てしまったのが一因だともいわれる芥川龍之介の自殺に始まる昭和初期の知識人の苦悩——戦争色が濃くなっていく時勢の中で、プロレタリア文学者となることもできず、かといって芸術至上主義に閉じ籠もるわけにもいかない――を体現している人物としての島村へ理解を及ばせる者も出てくることはあった。

そして、終了時間が過ぎてから、これだけは述べたい、と手を挙げた九十歳近くになる女性から、「最後の最後まで、やはり島村には共感できない、という思いでしたが、自分も戦争中のどうにもやりきれないときに『大菩薩峠』を夢中になって読んでいて、役立たず、将来は乞食になるぞ、と家族に心配されたことを思い出して、戦意高揚へと世の中が向かっているときに、川端が『雪国』を書いたことを見直したい思いになりました」という感想が出た。それを聞いて、ようやく、この時期にあえて『雪国』を再読しようとした意図が受け容れてもらえたような、いくばくかの安堵を得た。

＊

震災を経て、その経験を活かした新しい文学の登場を待ち望む声が聞かれるが、それはまだまだ時間がかかるだろうし、露わではない形で作品の底に沈んで表現されるものではないか、と私は考える。それよりも、震災を経験したことによって、これまで読み落としていた作品の意味に気付かされることがあり、私にとっては川端の『みづうみ』がまさしくそうだった。

もともと、『みづうみ』は苦手な作品だった。変質的な主人公のストーカー小説とも言える内容で、「新潮」に連載された後に、昭和三十年に刊行された当時も、三島由紀夫のような川端文学の理解者からも激しい反撥を生んだ一方、中村真一郎からは意識の流れが見事に描かれている前衛小説として高く評価されるなど、毀誉褒貶のあった小説である。

この頃から、作者自身が言葉にしたこともあって、「魔界」が川端文学の一つのキーワードとなった感がある。「魔界」は、一休の言で『美しい日本の私』でも引用されている「仏界入り易く、魔界入り難し」から来ている。この「魔界」について、仏教に詳しく川端からも意味を問われたことがあったという梅原猛は、川端の自殺による死の後すぐに書いた川端論『美と倫理の矛盾』で、「魔界」を狂気の世界ととらえていた。また、中上健次と辻井喬が川端をめぐって対談したときにも、「魔界」をアナザーワールド、アウトオブワールドととらえて、川端には世界がないから魔界もない、というような言い方がされていた。

震災を経て、私は、川端の魔界とは、外側にある概念なのではなくて、インザワールド、この世の底が抜けてしまっている、ということだと気付いたのである。その視点から見ると、『みづうみ』の一種グロテスクの極みとも言える世界は、底が抜けてしまった現代の寂寥感をも見事に先取りしていると感じられて来た。

ここでも私が注目したいのは、独特な身体感覚に基づく細部である。

銀平は右の手のひらをひろげて振った。歩きながら自分を叱咤する時のくせだが、まだなまあたたかい鼠の死骸、目をむき口から血をたらした鼠の死体を握った触感がよみがえったからでもあった。みずうみのほとりのやよいの家に、日本テリヤがいて、台所で取った鼠だった。（略）銀平があわてて鼠を拾うと、口から出た血が板の間にひとしずくほど落ちていた。鼠のからだの温いのが気味悪かった。目をむいていると言っても、鼠の可愛い目だった。

ここで私は、川端の処女作である『十六歳の日記』で、祖父の溲瓶への放尿の音に谷川の清水の音を聞くところを想った。不浄観という、死体がどんどん腐乱して白骨化していくのを観ずる仏教の修行があるが、川端の中にもそれがあるように思う。
『千羽鶴』の冒頭近くにも、

菊治が八つか九つの頃だったろうか。父につれられてちか子の家に行くと、ちか子は茶の間で胸をはだけて、あざの毛を小さい鋏で切っていた。あざは左の乳房に半分かかって、水落の方にひろがっていた。掌ほどの大きさである。その黒紫のあざに毛が生えるらしく、ちか子はその毛を鋏でつんでいたのだった。

という箇所があるが、そうした不浄なるもの、醜悪なるものを通して、聖なるもの、美しいものを希求する、という精神性があるように思える。
それから、

目の色まで変った犬にも、銀平は憎悪を感じた。やよいの針箱から赤い糸のついた縫針を盗み出すと、日本テリヤの薄い耳に突き通してやろうと思って折りをうかがった。この家を出てゆく時がいいだろう。後で騒ぎになって、縫針のついた赤い糸が犬の耳に通っていれば、やよいのしわざだと疑われるかもしれない。

という何とも言われぬグロテスクさや、

溝の深いのは昨日でわかっていたが、なかにはいってみると、深いよりも広かった。両側は立派な石がけで、底にも石が敷きつめてある。石のすきまから草が生え、去年の落ち葉が腐っていた。歩道の方の石がけに身を寄せていれば、真直ぐな坂道をのぼって来る人には見つからないだろう。二三十分もひそんでいるうちに、銀平は石がけの石にでも嚙みつきたくなった。石のあいだからすみれの咲いているのが目についた。銀平はいざり寄って、すみれを口にふくむと、歯で切って、呑みこんだ。呑みこみにくかった。銀平はううっと泣き出すのをこらえた。

などというところは、実際に川端は溝にひそんで、すみれを食べてみたにちがいない、と思わせるほどの迫真力がある。

（また、主人公の銀平が、初めて少女を尾けたときに、気付かれてしまい口にする言い訳が、水虫によく効く薬を聞こうと思って、というのは、『雪国』の「蚕」と「蛾」のロジックのように、「みづうみ」と手書きしていて「みづむし」が浮かんだような気がしないでもない。）

川端は、「徳田秋聲氏の『仮装人物』」という評論の中で、

現代日本の文学者のうち、作家として、私の最も敬う人はと問われたならば、秋聲と答えるだろう。現代で小説の名人はと問われたならば、これこそ躊躇なく、私は秋聲と答える。――この答えは、昭和八九年の頃からいつも変りなく、私のうちにあったものである。

と述べている。

そして、二十数年連れ添った妻を亡くした五十代の作家と作家志望の若い女性との数年続いた恋愛事件を描いた徳田秋聲の『仮装人物』についても、次のように高い口調で推賞している。

おのずから作家の魂がのぼって行った、どうしようもない悲劇なのである。文学の心は究極のところ、反逆にしか通じていないという反逆なのである。

秋聲氏などは最も地味な生涯を送って来た人である。それでもこの「仮装人物」中の踏み外しは、すさまじいものである。これが一面反逆の書となった根は、そういうところにあろう。懐疑といい、頽敗というも、今日の大方の作家は、わが心身を傷付けぬ程度に、うわべをかすめ過ぎて、まことに幸福な生活を送っているに過ぎないのである。

『仮装人物』の作中には、

庸三が若しも物を書く人間でなかったら——言い換えれば常住人間を探求し、世の中の出来事に興味以上の関心を持つことが常習になっていない、普通そこいらの常道的な生活を大事にしている人間だったら、葉子に若い相手ができた後までも、こうも執拗に彼等の成行きを探ろうとはしなかったであろうが、彼はこの事件もちょうど此処いらで予期どおりの大詰が来たのだし、自身の生活に立還るのに恰好の時機だと知って、心持の整理は八分どおりついていながら、まだ何か葉子の匂いが体から抜け切らないような、仄かな愛執もあって、それから夫へと新らしい恋愛を求めて行く彼女を追跡したいような好奇心に駆られていた。

という自己認識のなかに、女性の行動を届けたいという『みづうみ』と共通する主人公の心のうごきが描かれている。

秋聲が『仮装人物』で描かれる恋愛事件を起こしたのは五十五歳の時であり、川端が傍らからは〝踏み外し〟とも見えた『みづうみ』を書いたのも五十五歳。私も、『黴』『あらくれ』などの秋聲作品に親しんできたものの、『仮装人物』に描かれた荒涼とした情熱の色は、『みづうみ』同様に長年苦手としてきたが、震災を経て五十五歳となった現在、川端が『仮装人物』を推賞する言葉が、いつのまにか味得されるようになっていることに気付かされた。

そして、『みづうみ』には、たしかに『仮装人物』からの地下水脈が流れており、また、ポジであった『雪国』の温泉場の世界を、火山の噴火の後にひそやかに水をたたえる湖へと反転させることで、ネガとしてのエロスを描き切った。両方の作品に共通するのはまた、『雪国』には葉子の、『みづうみ』には湯女の、女声の美しさが出てくるところで、両性具有的なところがある川端は、筆が乗ると女性の声の美しさを描くことが多かった。その点、世評の高い『眠れる美女』は、完成度の高い作品だとは認めるが、女が眠らされていて声が出てこないので、やや魅力に欠けるようにいまの私には思われる。

さらに、この後未完に終わった、人体欠視症をはじめ、白い鼠や白鷺、白いたんぽぽといった白のイメージが氾濫している「たんぽぽ」(ここでも、不在である稲子本人の声は出てこないが、母親と恋人の会話の中で、稲子の声のよさが語られる)も置けば、川端の魔界の表現の筐底には、人間を一瞬にして地上から蒸発させてしまう原子爆弾を持ってしまった人類の現実、インザワールドを描くという深いモチーフがあるように、3・11を経て感ずるようになった。昨年読んだ富岡幸一郎氏の『川端康成　魔界の文学』に教えられたことだが、「魔界」という言葉が川端から発せられるようになったのは、昭和二十五年に広島・長崎の原爆被災地へと足を踏み入れて以降のことだった。

川端は、別のところで秋聲に触れて、

「爛」などの三作とくらべては、今日の小説の多くは、あまり浅くはないかと感じられる。すごくこわい観察、描写が随所にある。

（「徳田秋聲『爛』あとがき」）

とも述べていた。

これはそのまま、私がいま『みづうみ』に対して抱いている畏れである。

（『麦主義者の小説論』所収　岩波書店、二〇一五年）

あとがき

一人の作家の作品をここまで集中して読む経験は、かつてなかった。毎日毎日、川端川端。佐伯一麦さんのお好きな『みずうみ』になぞらえれば、水草が揺らめく湖の底を、這い回るかのようだった。そして目を凝らすと、底を埋め尽くす砂粒はみな、か、わ、ば、た、や、す、な、り、という文字の形をしているのだ。その一粒でもいいから指先でつまんで、口に含んでみたい。何度も、そんな欲望にかられた。そのたびに水草が足に絡まり、ぬるっとした感触にはっとして、我に返るのだった。

小説を読む行為は、他者と語り合うことでいっそう深まる。互いの間に本さえあれば、いくらでも話ができる。たとえ相手の考えが自分と違っていたとしても、がっかりしたり、ましてや腹が立ったりなどしない。むしろその違いを楽しめる。今回、本書を作る過程で私が味わった体験は、実に幸福なものだった。

もちろん、その理由の一番は、同じ文芸誌「海燕」出身の佐伯さんが、お相手だったからだ。佐伯さんはしばしば、湖の底に思いも寄らない角度から光を当てて下さった。好き勝手に私がどんな言葉を投げかけても、先輩らしく、どっしりと受け止めて下さった。心からお礼を申し上げたい。

佐伯さんと私をこのような形で結び付けてくれた田畑書店の大槻慎二さん、ありがとうございました。

最後に、果てのない神秘を隠し持つ川端文学に、心からの感謝を。

小川洋子

あとがき

昨年は、川端康成の歿後五十年にあたっているということで、旧知の編集者の大槻慎二氏の慫慂で、高校生のときから川端康成を愛読してきたという小川洋子さんと、その文学をめぐって連続対談を行うことになった。

縁あって、二〇一八年より大阪芸術大学の文芸学科でゼミを非常勤で受け持つようになり、その前後の日に合わせて、関西在住の小川さんにお目にかかった。三度にわたった対談は、三月に川端康成の生地である大阪、六月に未完に終わった『たんぽぽ』の舞台の生田川が流れる神戸、と対話を重ねてきて、九月には『古都』などで描き、愛した土地である京都で、それぞれ行われた。

三回とも対談は会議室で行われ、京都の回だけは、川端が定宿としていた麩屋町通りにある旅館の柊家で写真撮影をした。三十五度を超す残暑というよりも猛暑のさなか訪れると、川端が泊まっていたという十畳に次の間のある角部屋に案内され、抹茶をいただきながら、ここで川端は、後に国宝となった「凍雲篩雪図」を入手したのか、と廻りを見回した。

昭和二十五年四月二十五日、川端は、日本ペンクラブ会長として、広島・長崎の地を視察しての帰り、京都に立ち寄って柊家に宿泊した。翌日、鎌倉の妻秀子に宛てた書簡に、〈近江の柴田さんのあの絵が京都に来てゐる。（略）今日柴田さんが近江から出てきてゐる。明日朝内密で一寸見せて貰ふ事になった。実に偶然だが、因縁のやうなめぐりあはせだ。明朝九時に柊家で見る約束だ。焼けたといふ事にしてあるのを、こつそり売るのだ。まああの雪の絵を見るだけでも京都へ寄った甲斐があるやうなものだが、気味が悪いやうなめぐりあはせだ〉と川端は記す。

あの絵とあるのが、浦上玉堂の最高傑作ともされる「凍雲篩雪図」である。川端は以前に、所有しているとされた柴田さんという人の家を訪れて、絵を拝見したいと申し出たことがあったが、そのときには、「あれは焼けた」という返事だった。焼失されたはずの幻の名品が、現存しており、しかも原爆の被害を目の当たりにして、〈原子爆弾の悲劇が書きたくなった〉との思いを抱いての帰路に出会えることになったのである。

川端は、妻への手紙をさらにしたため、〈買えれば買ひたい。何としても買ひたい。焼けたといふ事で埋もれ、行方不明になるのは勿体ない。玉堂の霊が僕にこの奇遇をさせたやうなものだ〉〈これを逃がすときつと一生の悔ひとなり一生思ひ出す〉とまで言って、金策を懇願している。

そうして手に入れた「凍雲篩雪図」の、風雪の深山の風景に呼応するかのように、川端は〈仏界入り易く、魔界入り難し〉と一休の書にある世界の深みへと踏み入っていく。それは、一瞬にして人間が蒸発してしまうような原爆の惨禍、この世の底が抜けてしまったような現実を描き出すということでもあった。敗戦を挟んで書き継がれた『雪国』で到達した象徴的な美の世界を捨てて、『山の音』『千羽鶴』『みずうみ』……と、言葉では表現しえない荒涼、渺茫とした領域へと筆を進めていったのである。

この夏は、本書の対談のこともあり、仕事の合間に、ぬるめの風呂に浸かりながら、魔界を描く嚆矢となった『山の音』を文庫本で少しずつ再読し、主人公の尾形信吾が六十二歳と、今の私とほぼ同じ年回りであることに、あらためて感じ入らされた。もっとも、戦後間もない頃の六十二歳は、現在の七十代後半から八十代にあたるだろうが。作の最後で、〈「どうだね、この次の日曜にみなで、田舎へもみじ見に行こうと思うんだが。」〉と、信吾は「もみじ見」を提案する。故郷の信州の紅葉のもとに、秘めた恋心をいだく息子の嫁の菊子を立たせてみたいからである。

山本健吉は解説に、〈「源氏物語」に書かれざる「雲隠」の巻があるように、「山の音」にも書かれざる「紅葉見」の巻があることを、想像した〉と記しているが、そこからさらに踏み込んで、「雲隠」で光源氏の死がほのめかされているように、死の予感を怖れている信吾の死を、川端は「紅葉見」の章をあえて書かないことであらわしたのではないか、との感想を今回の読後に持った。（そういう変なことをする作家が川端だ、というのが、今回の小川洋子さんとの対談を経て、確信に近いものになった。）川端は、戦時中に読み耽ったという『源氏物語』にも、すでに魔界を見ていたにちがいない。

小川さんとは、いまは無き文芸誌の「海燕」の新人賞からデビューした同窓生という親しみがあり、また四半世紀ほど前になるが、「新潮」の学生小説コンクールや新潮新人賞の選考もご一緒した。丁寧に作品を読み込んでおられる姿勢が一貫していたのが印象的だった。

それ以来、じっくりと話を交わすのは、ずいぶんひさしぶりだったが、対談では歳月がつながったかのように話が弾み、よい時を過ごすことができた。あくまでも実作者による読みであり、研究者からは異論もあるかもしれないが、川端文学をめぐる実感に根差した会話の中で、思いがけず小川文学の核心に触れたように思えるひとときもあった。

このような貴重な機会を設けてくれた大槻慎二氏に、心から感謝申し上げる。

佐伯一麦

二〇二三年三月八日

小川洋子（おがわ　ようこ）
1962年、岡山市生まれ。早稲田大学文学部第一文学部卒。88年「揚羽蝶が壊れる時」で第7回海燕新人文学賞を受賞。91年「妊娠カレンダー」で芥川賞受賞。2004年『博士の愛した数式』で読売文学賞、本屋大賞、同年『ブラフマンの埋葬』で泉鏡花文学賞を受賞。06年『ミーナの行進』で谷崎潤一郎賞受賞。07年フランス芸術文化勲章シュバリエ受章。13年『ことり』で芸術選奨文部科学大臣賞受賞。20年『小箱』で野間文芸賞を受賞。21年、菊池寛賞を受賞。近著にエッセイ集『からだの美』がある。

佐伯一麦（さえき　かずみ）
1959年、宮城県仙台市生まれ。仙台第一高校卒。84年「木を接ぐ」で第3回海燕新人文学賞を受賞する。90年『ショート・サーキット』で野間文芸新人賞、91年『ア・ルース・ボーイ』で三島由紀夫賞、97年『遠き山に日は落ちて』で木山捷平賞、2004年『鉄塔家族』で大佛次郎賞、07年『ノルゲ　Norge』で野間文芸賞、14年『還れぬ家』で毎日芸術賞、『渡良瀬』で伊藤整賞、20年『山海記』で芸術選奨文部科学大臣賞を、それぞれ受賞する。近著に『Nさんの机で』がある。

川端康成の話をしようじゃないか

2023年4月10日　印刷
2023年4月16日　発行

著者　小川洋子（おがわようこ）・佐伯一麦（さえきかずみ）

発行人　大槻慎二
発行所　株式会社 田畑書店
〒102-0074　東京都千代田区九段南3-2-2　森ビル5階
tel 03-6272-5718　fax 03-3261-2263
印刷・製本　中央精版印刷株式会社

Printed in Japan
ISBN978-4-8038-0413-3 C0095
定価はカバーに表示してあります
落丁・乱丁本はお取り替えいたします